Alexa Hennig
von Lange

WOHER ICH KOMME

Roman

R

Veröffentlicht im Rowohlt
Taschenbuch Verlag, Reinbek bei Hamburg,
Februar 2005

Umschlaggestaltung any.way, Cathrin Günther
(Foto: Joachim Bessing)
Gesamtherstellung Clausen & Bosse, Leck
Printed in Germany
ISBN 3 499 23338 X

«Wo ist das Kind, das ich gewesen,
ist es noch in mir oder fort?
Warum starben wir denn nicht beide,
damals, als meine Kindheit starb?»

Pablo Neruda

ES ist Anfang August. In ein paar Tagen hätte mein Bruder Geburtstag, und an seinem Geburtstag waren wir immer irgendwo am Meer. Dieses Jahr fahren wir nicht ans Meer, mein Vater will nicht ans Meer, ihn erinnert das zu sehr an meine Mutter und meinen Bruder, genau wie unser Haus, in dem er als Einziger zurückgeblieben ist. Mein Vater sitzt auf dem schmalen Bett meiner Mutter, unter ihm wirft der farbige Überwurf Falten und verrutscht. Mein Vater merkt es nicht, seine Augen werden feucht, trotzdem blinzelt er nicht, bewegt sich nicht. Er sitzt aufrecht, ich bleibe in der Tür stehen und sehe aus dem Fenster, hinaus zur Akazie, die in unserem Garten steht. Meine Eltern haben sie damals an einem heißen Sommertag an einem Bahndamm ausgegraben. In meiner Vorstellung knistert das trockene Gras, staubt der sandige Boden unter ihren Füßen, als sie gemeinsam versuchen, die Wurzeln des Bäumchens in eine Plastiktüte zu stecken. Das ist lange her, wie lange genau weiß ich nicht, auf jeden Fall war ich noch nicht geboren, meine Mutter nicht einmal schwanger, wahrscheinlich waren sie noch Studenten, mein Vater im weißen Hemd und schwarzen Pullunder. Meine Mutter, gebräunt und sommersprossig. Sie hatte viele Sommersprossen, im Gesicht und auf den Armen.

Zwischen den Blättern der Akazie sind die niedrigen Nachbarhäuser der Siedlung zu sehen. Weiter hinten die roten Hochhäuser. «Ich weiß noch, wie Mama hier oben für dich Kleidchen genäht hat!» Mein Vater schwärmt, und er vergisst den entscheidenden Punkt: Er war selten da, wenn wir da waren, und ich weiß nicht, warum meine Mutter mich damals nicht mitgenommen hat.

Ich weiß sehr vieles nicht. Ich weiß nur, woran ich mich erinnere, und das wird von Tag zu Tag mehr und jetzt, als Papa und ich den holperigen Weg zwischen den Feldern entlangfahren, das hohe Korn gegen die silbernen Seitentüren peitscht, erinnere ich mich an noch viel mehr, und ich sehe meine Mutter schräg vor mir und meinen Bruder neben mir sitzen. Seine weißen, dünnen Beinchen, seine Knie auf der Mitte des blauen Autositzes, den großen, runden Leberfleck auf seinem linken Knie, den er «Mond» nannte. Ich erinnere mich an seine kleinen Hände, an seine helle, gewölbte Stirn. Vor seiner Geburt hatten die Ärzte einmal vermutet, er könnte vielleicht einen zu großen Kopf haben, und Mama ging davon aus. Und Papa war nicht da, um mit ihr die Sorge zu teilen, also teilte ich mit ihr die Sorge, und schließlich hatte mein Bruder doch keinen Wasserkopf, und meine Mutter und ich hatten uns einen Sommer lang umsonst Sorgen gemacht. Ich, auf der Schaukel unter der Pergola, meine Mutter auf dem gelben Klappstuhl unter der Akazie, mit dickem Bauch, hochgelegten Beinen. Die rote, mit Tränenden Herzen gesäumte Gartenmauer im

Blick; kurz lächelte sie mich an, gab mir ein Zeichen, ich sollte zu ihr kommen. Ich rutschte von der Schaukel, lief zu ihr, sie gab mir einen Kuss. Ich legte meinen Kopf an ihre Schulter, meine Arme um ihren Hals, als sie flüsterte: «Mein Liebling!»

Und ich sehe meine Mutter vorne im Auto neben meinem Vater sitzen und einen Apfel schälen, wie sie immer Äpfel für uns auf dem Weg in den Urlaub geschält hat, und ich erinnere mich an das glitzernde Meer links hinter meinem Fenster, die Möwen, die gelben Felder, das Abendrot, den steinigen, rauschenden Asphalt unter den Reifen. An die Gewissheit, Ferien zu haben. An die Gewissheit, jeden Morgen Milchsuppe zu bekommen.

Zu viert sitzen wir auf der Ferienhausveranda in den Dünen, essen Milchsuppe mit Marmelade und Butter, der Wind geht flüsternd durch die silbrigen Gräser, und danach wandern wir durchs Watt. Mein Vater sagt: «Macht euch keine Sorgen!» Mit meinem Bruder an der Hand geht er weiter in Richtung Meer, und der Strand ist weit weg, ist eigentlich gar nicht mehr zu sehen. Mama schüttelt den Kopf, in ihrer Hand die dunkelblaue Mütze aus Bast, und ich denke an die Geschichte, die wir kurz vor den Ferien im Deutschunterricht gelesen haben: Eine Schulklasse macht eine Wattwanderung, und plötzlich füllen sich die Priele. Meine Mutter und ich sahen, wie sich der Priel mit Wasser füllte, und der Strand war nicht mehr da, und mein Vater war weit draußen, hörte unsere Rufe nicht, und der Himmel war blau. «Lauf so schnell du kannst!» Meine Mutter schubst mich in die Richtung, in der sie den Strand vermutet, und das ist die richtige Richtung, und ich renne so gut es geht, im feuchten Sand, und Mama versinkt in die andere Richtung, in Richtung meines Vaters, meines Bruders. Der war klein und wusste von nichts. Ging an Papas Hand und hatte uns zugewinkt. Die Sonne stand über uns, flirrend, keine Wolken, einfach nur Himmel und sehr viel Raum. Zwischen Mama und mir, zwischen mir und meiner Familie wurde der Abstand immer größer.

Mein Vater kam allein zurück.

Als wir mit dem Auto über den staubigen Kiesweg fahren, streifen die herunterhängenden Äste der Linden über die Windschutzscheibe, Lichtreflexe blenden uns für Sekunden, wechseln sich mit rollenden, schmalen Schatten ab, verschwinden für immer. Die zwischen den Blättern durchbrechende Sonne lässt uns wieder blinzeln. Ich habe Durst und ich sehe hinunter in meinen Schoß, auf meine Hände, ineinander verkrampft, klein, sehr klein, sehr mädchenhaft. Sie sind mit mir nicht mitgewachsen.

Mamas Hände. Oben im Nähzimmer, am Nachmittag, bei zugezogenem Vorhang, gibt sie meinem Bruder die Flasche. Mama trägt einen weißen Schwesternkittel, sehr eng geknöpft, darunter nur dünne weiße Unterwäsche. Die Haut im Ausschnitt ist von der späten Augustsonne gerötet, ihre Nase glänzt leicht, ebenso ihre Stirn. Mit meinem Bruder auf dem Schoß sitzt sie auf dem breiten Korbstuhl, der Stuhl ist niedrig, sie schlägt die nackten Beine übereinander. Über ihrer Schulter hängt eine frisch gewaschene, steife Stoffwindel. Trotz der zugezogenen Vorhänge hat sich das Zimmer aufgeheizt, es duftet nach frischer Säuglingswäsche, nach Holz, nach meinem Bruder. Ich hocke neben ihnen auf dem grauen Flusenteppich, sehr ruhig, ich darf meinen Bruder nicht vom Trinken ablenken. Meine Mutter hält die Flasche, an ihrem Daumen ist die Haut seitlich eingerissen, auf den Knöcheln etwas aufgesprungen, aber nur jetzt, im Sommer, wenn sie viel im Garten gearbeitet, Wasser gepumpt hat. In den feinen Hautrissen verlaufen noch feinere Spuren von schwarzer Erde, auch nach dem Händewaschen.

Am Abend gibt es Rote Bete und Salat. Mama steht in der Küche, über ihrem Kopf das weiße Licht der unverkleideten Neonröhre. Ich sitze auf der Fensterbank, sehe ihr beim Petersiliehacken zu. Draußen dämmert es, die Amseln zwitschern. Mein Bruder schläft oben in seinem Zimmer, im weißen Gitterbett. Wenn Mama in der Küche arbeitet, redet sie kaum. Sie muss sich konzentrieren, damit alles rechtzeitig fertig wird.

Einmal erzählt mir Mama ihren Traum. Wir waren im Zoo, ich war noch sehr klein, vielleicht fünf Jahre alt, überall war Wasser, bedeckt mit riesigen Eisschollen. Auf einer Eisscholle stand mein Schuh. «Dein kleiner

Halbschuh!» Und ich war weg, Mama rief nach mir. «Ich wusste, du bist tot!»

Die Eier werden für den Salat gehackt. Dann die Tomaten. Meine Mutter hat Angst vor dem Tod. Das weiß ich. Gesagt hat sie es nie. Doch sie scheint daran zu denken, gerade wieder, als sie sich beeilt, fertig zu werden, bevor mein Vater aus dem Büro kommt. Später ärgert sie sich, weil er nicht da ist, als wir hungrig am gedeckten Tisch im Garten sitzen.

Ich bin nicht sicher, was meine Mutter mehr fürchtet: Trennung durch Kinderverschwinden, Kindertod. Oder: Trennung durch ihren eigenen Tod. In jedem Fall möchte ich meine Mutter davor schützen, lasse mich auf dem Weg zum Einkaufszentrum nicht von den Trinkern ansprechen, die in den roten Hochhäusern wohnen. In der Schule sagen die Kinder: «Die Trinker schmeißen Kinder und Katzen vom Dach!»

Wir sind da. Papa steigt aus, der Kies knirscht unter seinen Sohlen. Er schlägt die Tür zu und das Auto rollt weiter, rollt mit mir den abschüssigen Platz hinunter, in Richtung Graben. Er reißt die Fahrertür wieder auf, beugt sich über seinen Sitz und zieht die Handbremse an. «Steig aus, wir sind da!»

Langsam bewegen sich meine Beine aus dem Fußraum hinaus in das warme Licht des Nachmittags. Die Füße setzen auf dem weißen Kiesboden auf, der Rest von mir ist noch drinnen im heißen Auto. Ich weiß nicht, wie ich hochkommen soll, aus diesem tiefen, weichen Sitz. Es ist nie schön auszusteigen. Immer wieder ist es die gleiche Überwindung auszusteigen, zu stehen, sich plötzlich wieder selbst bewegen zu müssen. Nach einer Autofahrt bleibe ich lieber sitzen und warte. Worauf weiß ich nicht. Ich bin draußen, stehe neben dem Auto, in meinem Kopf rauscht es, und Papa geht schon quer über den Vorplatz, am Brunnen vorbei, in Richtung Hauptgebäude. Die Tür unter dem tief gezogenen Dach steht offen, Herr Wallbrecht kommt uns entgegen. Sein dunkelgrünes Hemd ist an den Armen hochgekrempelt, an seiner Hose hängen Holzspäne. Meine Hände sind klebrig und mir wäre es lieb, er würde mir nicht die Hand geben. Breit, gebräunt, sehr fest ist sein Händedruck, er guckt und seine Lippen sind feucht, feucht vom Lachen und Reden, und er nimmt uns ein paar Taschen ab und geht mit uns den Weg zum Kuhstall.

Rechts am Haus vorbei, am Graben entlang. Dahinter liegt die Schafweide, gelbliche Schafe grasen auf dem ansteigenden Hang. Ganz oben: Büsche, schließlich Wald. Zwischen den hellen Schafen grast ein schwarzes. Meine Augen brennen, fast ist es so, als würde ich dort grasen, grasen, alleine auf der Weide. Allein, allein, allein. Ein schöneres Wort gibt es nicht. Ich bin allein. Die grauen Gänse strecken mir ihre offenen Schnäbel, ihre steifen Zungen entgegen, krächzen, aufgeregt rutschen sie durch den Matsch am vorderen Rand der Weide.

Herr Wallbrecht geht voran, er fragt nicht, wo der Rest der Familie ist, wir waren schon früher hier, im Frühsommer, oder noch Frühling. Damals war ich dreizehn, das Unglück in Tschernobyl war passiert, und meine Mutter wollte nicht, dass mein Bruder und ich im See baden oder Gemüse aus Herrn Wallbrechts Garten essen. In diesem Urlaub sah sie ängstlich aus, und mein Bruder sollte auf keinen Fall die Wiese betreten. Mein Vater schüttelte den Kopf. «Jetzt mach nicht so ein Theater!» Gestritten haben sie. «Nicht so laut!»

Mama schließt die Fenster, draußen läuft Herr Wallbrecht in seinen grünen Gummistiefeln über die Wiese. Die Sonne malt helle Kringel auf die kühlen Tonfliesen zwischen unseren nackten Füßen. Als mein Vater auf Mama zugeht, verschwinden mein Bruder und ich im Kinderschlafzimmer. Er findet Mama lächerlich. «Du bist lächerlich!»

Am Morgen treibt Herr Wallbrecht die Schafe an meinem angekippten Fenster vorbei. Das macht er schon sehr früh, und im Halbschlaf höre ich ihn rufen: «Heute wird geschlachtet!» Ich drehe mich von der Seite auf den Rücken, und über mir drückt sich die graue Matratze vom Etagenbett durch den Rost. Mein Bruder wollte immer oben schlafen. Jetzt ist das Bett über mir frei. Drüben im

Elternschlafzimmer ist neben Papa auch noch eine halbe Matratze frei, und ich frage mich, ob er manchmal aufwacht und vergessen hat, dass seine Frau fehlt.

Als mein Bruder geboren wurde, war ich sieben Jahre alt. An der Hand meines Vaters ging es durch die kühlen Krankenhausgänge ins Krankenzimmer. Da lag meine Mutter und war blass. In dem Glasbettchen neben ihr lag mein Bruder. Ich wollte ihn anfassen, ließ meinen Vater los, rannte auf das Glasbettchen zu, um meine Hand hineinzustecken. «Schneewittchen liegt da!», dachte ich. «Nicht anfassen!», sagte meine Mutter. «Das macht ihn krank!» Schnell zog ich meine Hand zurück, legte sie auf den Rand des Glasbettchens, stellte mich auf die Zehenspitzen, guckte hinein, auf meinen Bruder hinunter. Das Bett rollte. «Vorsicht!» Blinzelnd öffnete mein Bruder die Augen, dann den Mund. «Jetzt hast du ihn aufgeweckt!» Und mein Bruder schrie. Er war ganz rot im Gesicht, nur auf der Stirn hatte er einen weißen, kreisrunden Fleck. «Schneewittchen weint!», dachte ich.

Draußen schien die Augustsonne durch die Kronen der Krankenhausbäume, mein Vater war zwischen Tür und Waschbecken stehen geblieben. Die Äste streiften quietschend über die Krankenhausfenster, und ich weiß noch, dass ich einen dunkelblauen Trägerrock mit weißer Puffärmelbluse trug. Beides hatte mir Mama oben im Nähzimmer, bei zugezogenem Vorhang, genäht. So lange hatte ich draußen im Garten geschaukelt, bis sie damit über den Rasen kam, es mir vorsichtig über den Kopf zog und guckte, ob es passte. Unter den Armen stachen mich die Stecknadeln fein, sehr fein in die Seiten.

Das Kinderzimmer im Kuhstall ist klein, das Etagenbett passt gerade hinein, noch ein Stuhl mit geflochtenem Sitz, mein Koffer liegt aufgeklappt am Boden. Das Fenster ist mit Fliegengitter bespannt, der Vorhang halb zugezogen. Von hier unten, auf dem Rücken liegend, sehe ich hinter dem Gitter hellblauen, fast weißen Himmel. Ich blinzle, blinzle vom Vorhang zur Wand, an die Decke, zur Tür, zu meinen Füßen, kann mich nicht entscheiden, die Augen offen zu halten, will nichts sehen, kann mich nicht entscheiden aufzuwachen. Schlafen ist schön, besonders wenn man sich wünscht, jemand wäre da, nicht Papa, jemand anderes, jemand sehr Vertrautes, jemand, der neben mir auf der Bettkante sitzt, sich zu mir herunterbeugt, mich aus dem Bett zieht, mir auf die Beine hilft. Mein Mann.

Meine Mutter hat nie im Meer gebadet, mein Vater schon. Er hat sich immer gleich ausgezogen, hat uns nackt eine Sandburg gebaut, bis Leute kamen: «Würde es Ihnen etwas ausmachen, sich wieder anzuziehen?» Meine Mutter und ich saßen in der Sandburg, und mein Vater war schon wieder nackt und badete mit meinem Bruder in der Brandung. Dafür mochten wir den Wind, und oft gingen Mama und ich den Strand entlang: «Ich bin blind. Du musst mich führen!» Mamas blaue Bastmütze hatte ich tief über die Augen gezogen, meine Lider geschlossen, und in der Hoffnung, in dieser Geborgenheit einzuschlafen, ließ ich mich von meiner Mutter leiten.

Gestern Abend lagen Papa und ich in den blauen Liegestühlen vor dem Kuhstall und warteten, dass wir müde werden würden. Als es dunkel wurde, kam ein Mädchen aus dem See, lief gebeugt, mit eingeknickten Knien über die Wiese, bekam auf der Nachbarterrasse ein großes Handtuch umgelegt, ließ sich abreiben. Schließlich verschwand sie im gelben Licht des Pferdestalls.

Ein Mädchen ist hier. In meinem Alter. In einem blauen Badeanzug mit gelbem Gürtel und hohem Beinausschnitt läuft sie barfuß über die Wiese. Sie hat lange, krause Haare. «Sie fühlt sich allein!», sagt Herr Wallbrecht. Ich soll mich mit ihr anfreunden. Ich habe nichts dagegen. Bevor wir mit Herrn Wallbrecht in die Stadt fahren, nimmt Mama das Mädchen zur Seite. Sie flüstert, gibt dem Mädchen Geld. Dann sitzen wir bei Herrn Wallbrecht hinten im Auto. Das Mädchen reicht eine Kassette nach vorne: «Können wir die bitte hören?»

«You think she's a child
Look at her now
My Candy»

Immer wieder sieht Herr Wallbrecht in den Rückspiegel,

lächelt, zwinkert dem Mädchen neben mir zu. Trotzdem bin ich der Meinung, er meint mich.

Mama erzählt uns später, was passiert ist. Wie sie es erfahren hat, weiß ich nicht. Sie erzählt es uns, als wir wieder auf der Rückreise sind und mein Bruder neben mir schläft. Danach kommen wir nicht mehr hierher. «Valerie.» Sie hieß Valerie.

Das Liegen in den Liegestühlen scheint lange her, dabei war es erst gestern, gestern Abend, sage ich mir, nur ein paar Stunden ist es her. Papa und ich im Halbdunkeln, fast, nein, eigentlich war es ein leichter Dämmer, der über uns lag. Weich, sehr weich, trocken war die Luft, so trocken wie damals, als wir auf unseren Fahrrädern durch die goldenen Felder fuhren. Golden. Golden möchte ich nicht denken. Aber die Felder waren golden! Golden beschienen von der untergehenden Sonne. Wir radelten den schmalen, asphaltierten Weg entlang. Auf der einen Seite der Wald, auf der anderen die Felder, bis zum Deich konnten wir sehen, Nacktschnecken lagen angefahren, manche krochen noch zwischen Staub und Steinchen. Die Grillen zirpten leise, Gewitterfliegen blieben vorne an unseren Kapuzenpullovern hängen. Mein Bruder saß auf der weißen Blechschale, die am Fahrradlenker meines Vaters befestigt war, seine gebräunten Füße standen in blauen Sandalen rechts und links auf den schmalen Fußstützen, und die Knie meines Vaters rieben mit jedem Tritt an seinen Oberschenkeln. Ich fuhr im Stehen. Die Haut auf unseren Beinen war trocken vom Sand, von den Wellen, so trocken wie die Luft über den Feldern, trocken wie die Luft gestern Abend. Wir fuhren, traten in die Pedalen, mir war klar, dass sich alles verändern würde, ich atmete ein, atmete tiefer, sog alles auf, hielt mich an meinen grünen Gummigriffen fest. Der Weg vor uns wurde kürzer, wir kamen an, stiegen ab. Mein Vater stellte die Fahrräder in den Schuppen. Mit meiner Mutter gingen wir hinein, in kühle Ferienhäuser, in karge Küchen, wo Fliegen auf rohen Holztischen saßen. Aufgescheucht flogen sie gegen die kleinen, quadratischen Scheiben. Hinter dem gewellten Glas ging mein Vater vorbei, unsere Regenjacken über dem Arm. Gleich würde die Klinke heruntergedrückt werden, im Eintreten würde er sagen, «Jetzt hab ich aber Hunger!», dann meine Mutter küssen. Für einen Moment eng umschlungen würden sie an der Spüle stehen.

Mein Bruder und ich waren auf die Holzbank hinter dem Tisch gerückt. Vor Müdigkeit frierend sahen wir zu, wie Mama Rindfleisch aus der Dose schnitt. Der Tag am Meer war für immer vorbei, vor uns lag die Nacht.

Meine Nächte allein im Ferienbett. Ich lag still und meinte zu spüren, wie ich wuchs. Die Lichter der Leuchttürme drehten sich in unsere Zimmer, warfen Schatten, schafften schwarze Nischen, in meinem Kopf wurden die Hände der kleinen Männer immer größer. Dazwischen ein wirres, kreiselndes Farbenspiel. Danach wieder die kleinen Männer. Sie rannten auf mich zu, nicht größer als Ameisen, aber ihre Hände waren zu riesigen Zangen geworden. Ich blinzelte. Schräg gegenüber lag mein Bruder. Zwei Stühle hatte meine Mutter vor sein Bett geschoben, um zu verhindern, dass er im Schlaf auf die Dielen fiel. Durch die Lehnen der Stühle sah ich, wie er auf dem Bauch lag, leise atmete, und sein Duft, sein weicher Duft schlich herüber zu mir. Manchmal legte ich mich zu ihm, um an seinem Nacken zu riechen. Schwitzte er, half ich ihm beim Sitzen, zog ihm ein neues Hemd über die hochgestreckten Arme. Im Schlaf war er voller Vertrauen. Vielleicht ahnte meine Mutter etwas, sie ahnte immer etwas. Trotzdem lächelte sie, wenn ich mich zu ihr umdrehte. Sie küsste uns: «Meine Lieblinge!»

Es klopft, und Papa steht in kurzen Hosen neben meinem Bett, seine bleichen, weichen Knie direkt vor meinen Augen. Er zieht den Vorhang auf, öffnet das Fenster.

«Milchsuppe ist fertig!»

Er beugt sich zu mir herunter und greift nach meinem Bein. Er greift zu und erwischt gerade noch meinen Oberschenkel. Papa drückt zu, ruckelt an meinem Bein herum und danach klopft er drauf. Als er sich wieder aufrichtet, stößt er sich am oberen Bettgestell.

«Komm, Milchsuppe ist fertig!»

Er bleibt einfach stehen und guckt aus dem Fenster.

«Ich komme gleich!»

Es ist wie früher, nur dass meine Mutter nicht in der Küche mit dem Geschirr hantiert, mein Bruder nicht von dem oberen Bett herunterklettert. Doch mit mir, an mir, scheint sich nichts verändert zu haben. Ich bin genauso ratlos wie damals.

«Die springt schon wieder da draußen rum!»
«Wer?»
«Na, das Mädchen von nebenan!»

Papa ist allein, so allein, dass er jetzt nicht aus dem Zimmer geht. Er wartet, bis ich aufgestanden bin, eher geht er nicht aus dem Zimmer, befürchtet, ich könnte nicht aufstehen, könnte liegen bleiben, befürchtet, er müsste allein vor dem Kuhstall Milchsuppe essen.

«Was machen wir nachher?»

Diese Frage ist neu. Papa wusste früher immer, was nach dem Frühstück unternommen werden sollte. Es musste schnell gegessen werden. Der Tisch wurde schon wieder abgeräumt, bevor wir mit dem Essen fertig waren. «Schnell, schnell! Das Wetter ist so schön!» Selten wurde still gesessen, höchstens einmal am Abend. Dann auch nur kurz, meine Eltern gingen früh zu Bett. Wenn sie im

Bett lagen, mein Bruder schlief, ging ich raus auf die Veranda, riss mir manchmal einen Splitter ein, das Holz war roh, der Himmel über dem Meer sehr hell. Manchmal kam meine Mutter nochmal dazu. Frierend stand sie plötzlich neben mir: «Ich wollte nur sagen, rauch nicht so viel!»

Am Vormittag kommt mein Vater in Badehosen aus dem Kuhstall, geht an mir vorbei, schon wieder liege ich im Liegestuhl, würde eigentlich lieber Rad fahren, traue mich aber nicht wegen der Hunde. Auf dem Land sind immer Hunde, springen, bellen auf den Höfen herum, versuchen, den vorbeifahrenden Rad fahrern ins Bein zu beißen. Er geht über die Wiese in Richtung See. Nebenan verschwinden die Leute in ihre Ferienwohnung. Ich möchte ihm nicht nachsehen, kann mir nur schwer vorstellen, dass dieser Körper, dieser Rücken einmal jünger waren. Oft hat er sich nackt durch unseren Garten bewegt, zwischen den Büschen, Blättern gebeugt gearbeitet. Auf dem Rücken hat Papa viele kleine Flecken: braune, schwarze, rote. Mein Bruder und ich haben sie gezählt, haben immer wieder mit unseren Fingerspitzen darauf getippt. Jetzt bleibt er stehen, bückt sich, hebt etwas auf. Begeistert hält er es hoch: «Eine Möhre!» Mit dem Zeigefinger streift er sorgfältig die daran hängenden Grashalme ab, steckt sich die Möhre in den Mund.

Sind es immer noch die Nachwirkungen des Krieges, dass Papa alles essen muss?

Nur einmal erzählt er vom Krieg. Zu Hause. In der Küche, beim Abwaschen. Er hat sich ein kariertes Küchentuch in den Hosenbund gesteckt, steht an der Spüle, lässt heißes Wasser aus dem Boiler in das silberne Becken laufen. Etwas entfernt sitze ich auf der dunkelblau beschichteten Arbeitsfläche, möchte nicht, dass er mich im Vorbeigehen streift. Ich möchte gar nicht, dass er an mir vorbeigeht. Immer muss er mich anfassen. Am Knie, am Oberschenkel. Manchmal klopft er auch nur mit der flachen Hand. Seine Hände stecken in gelben Gummihandschuhen. Ich schlage die Beine übereinander, vor mir die gelb lackierte Schiebetür, dazu passend der gelbe Handtuchhalter. Eine Biene prallt gegen das angekippte Fenster, irgendwo in der Nachbarschaft wird der Rasen gemäht.

Zum ersten Mal weigert mein Vater sich, etwas zu essen. Draußen im Garten, unter der Pergola. «Das esse ich nicht.» Der Thunfisch liegt zwischen uns, zwei große, rot-graue Brocken. Mein Vater weiß, wie sie gefangen werden. Zwei Tage liegt er noch unter Frischhaltefolie im Kühlschrank. Danach ist er plötzlich weg.

An diesem Abend erzählt mein Vater vom Krieg. Damals war er noch klein, vielleicht sieben Jahre alt, über dem Feld hinterm Haus wird ein Jäger abgeschossen. Mit den Nachbarskindern läuft er hin, besieht sich mit ihnen das Wrack und entdeckt Gliedmaßen: «Ich habe einen Arm gefunden!» An der Hand seiner Mutter geht er eine zerbombte Straße hinunter. «Rechts und links lagen Leichen!» In meiner Vorstellung sehe ich alles nur schwarzweiß.

Der Blick zum See ist frei, gesäumt von Bäumen, Findlingen auf der rechten Seite. Auf ihnen ist mein Bruder damals herumgeklettert. Einmal habe ich mich neben ihn gesetzt. Der Stein war warm, glitzerte in der Sonne, Kristalle waren in ihm gefangen. Natürlich hat mein Bruder geglaubt, die Findlinge seien Pferde. Weit ist er auf ihnen geritten, um dann zu uns zurückzukehren. Im Pferdchengalopp kam er die Wiese herauf, um seine nackten Beine schlackerten die Schäfte seiner blauen Gummistiefel. Ich war süchtig danach, ihn anzufassen. «Komm her.» Seine weiche, duftende Haut. Mein Bruder. Ich hätte ihn immer umarmen, immer fassen, fangen mögen, um ihn an mich zu drücken. Genauso ging es meiner Mutter. «Komm zu mir.» Wieder zog sie ihn auf ihren Schoß, um ihn zu küssen, so sehr zu küssen, dass es ihm zu viel wurde. Dann ging er hinunter zum See, um im seichten Wasser die Reusen zu prüfen. Auf der linken Seite steht ein Essigbaum.

Meine Mutter sitzt vor dem Kuhstall, beißt auf der Hornhaut ihres Daumens herum. Sie merkt, dass ich zu ihr sehe, steht auf, hockt sich neben meinen Liegestuhl. Ihre Hand auf meinem Arm. Ich schlage mein Buch zu. «Lies nicht immer solche Bücher! Das tut dir nicht gut!» – «Warum nicht?» Sie sieht zu meinem Vater hinüber, der im See schwimmt. Vorhin wollte er meinen Bruder mit ins Wasser nehmen. Klein und zart steht er zwischen ihnen mit großem, ovalem Kopf und hoher Stirn. «Jetzt mach doch nicht so ein Theater!» Mein Vater zieht sich aus, meinen Bruder gleich mit. «Nein, lass ihn bitte hier!» Als das T-Shirt über seinen Kopf gezogen wird, streckt mein Bruder brav die Arme hoch. «Bitte!» Dann lässt er sie wieder sinken. Meinem Vater reicht es. Er schlägt die Terrassentür hinter sich zu, wir bleiben im Kuhstall stehen, sehen ihm hinterher, wie er über die Wiese in Richtung See geht.

Jetzt schwimmt er, mein Bruder wartet auf dem Steg mit angezogenen Beinen, die Arme um die Knie gelegt. Die selbst gebaute Angel liegt neben ihm. Meine Mutter will nicht, dass sie angeln, und wenn sie etwas angeln, sollen sie den Fisch zurück ins Wasser werfen. «Jetzt mach doch nicht so ein Theater!» Immer wieder dieser Satz. Seine Antwort auf alles. Mein Vater wird immer sehr laut beim Streiten. Solange warten mein Bruder und ich im Kinderzimmer, sitzen auf der Kante vom unteren Bett. Uns wird kalt, wir legen die geblümte Bettdecke um unsere Schultern, die Köpfe eingezogen. Die Decke riecht anders als zu Hause. So gut, dass ich meine Nase in die Decke drücke und mich auf die Nacht, nein, den Morgen, das Einschlafen oder das Aufwachen freue. Mein Bruder und ich warten. Wir wissen, wie es aussieht, wenn sich unsere Eltern streiten. Im kalten Raum, so kommt es mir vor, das Wohnzimmer neben dem Kinderzimmer ist kalt, obwohl die Sonne Platz hat. Trotzdem trägt Mama ihren dicken Wollpullover.

Meine Mutter hat die Ärmel hochgekrempelt, als sie neben mir hockt, sich an meinem Arm festhält, zu meinem Vater, meinem Bruder hinübersieht. Tschernobyl ist schuld, dass sich meine Eltern streiten, oder würden sie sich sowieso streiten? Meine Mutter ist diejenige, die sich Sorgen macht, sie möchte Sorgen in meinem Leben verhindern, doch die sind längst da. Herr Wallbrecht sagt: «Hier ist nichts runtergekommen!» Aber Strahlung sieht man bekanntlich nicht.

Herr Wallbrecht geht an uns vorbei, hinter ihm Valerie. Sie folgt ihm die Schafweide hinauf. Oben angelangt, üben sie mit Pfeil und Bogen. Er steht dicht hinter ihr, sein Gesicht in ihren Haaren, dann tauschen sie, ihr Kopf lehnt an seiner Schulter, die Arme hat sie um ihn gelegt. Noch in der Dämmerung stehen sie da, spannen den Bogen, zielen, zielen, zielen, wohin, kann ich nicht sehen, vielleicht zielen sie gar nicht, visieren nichts an, haben kein Ziel, spannen einfach den Bogen, so weit es geht, lassen die Sehne schnalzen.

Am Morgen stehen mein Bruder und ich sehr früh auf, wir wollen sehen, ob in den Reusen Krebse stecken. Unsere Eltern schlafen noch hinter dem weißen Leinenvorhang, der das Elternschlafzimmer vom Wohnraum abtrennt. Leise gehen wir hinaus, draußen, auf dem Rost balancierend, ziehen wir unsere Gummistiefel an, obwohl wir lieber barfuß gehen.

«Niemand weiß, wie stark die Strahlung ist!» Der morgendliche Nebel liegt über der Wiese, über dem See, der Himmel ist milchig, und doch ist die Hitze des anbrechenden Tages auf unseren nackten Armen spürbar. Herr Wallbrecht ist schon unten am See, steht mit seinen Gummistiefeln im Wasser, wirft die Reusen ans schlammige Ufer. «Da, guckt mal, wie das krabbelt!» Schnell mache ich ein paar Schritte zurück, ziehe meinen Bruder mit mir. Wir beugen uns hinunter, sehen in die schattigen Holzkästen hinein. Tatsächlich, da drinnen krabbelt und schabt es. Schwarze, große Krebse glänzen im einfallenden Licht.

Zu dritt marschieren wir aufwärts, in Richtung Pferdestall. Herr Wallbrecht steuert, in seiner Hand zappelt ein Krebs. «Den stecken wir Valerie unter die Bettdecke!» Mein Bruder und ich folgen ihm, gespannt, was passieren wird, wollen sehen, was der Krebs unter Valeries Bettdecke macht, wir sind nur dabei, wir machen nichts. Herr Wallbrecht darf alles, wir schauen nur zu.

Der Essigbaum. Einsam und merkwürdig steht er da, gehalten von Seilen, von Holzbrettern gestützt. So begrenzt er immer noch auf der linken Seite das Bild, wenn man auf dem Liegestuhl sitzt und zum See hinuntersieht. Papa schwimmt gemächlich am Ufer entlang, fast wie ein Kind, das gerade schwimmen gelernt hat, hält er den Kopf aus dem Wasser. Früher ist er zügig geschwommen, hat nur kurz den Kopf seitlich aus dem Wasser gedreht, um unter dem kraulenden Arm hindurch Luft zu holen. Ich frage mich, was er denkt, erinnere mich, wie es war, als Kind ins Meer hinauszuschwimmen. Am Horizont stand immer die Sonne, weit draußen blitzten weiße Segel, dort, der Mittelpunkt war ich, mit dem Kinn über Wasser, kreisenden Armbewegungen, mit dem Gefühl, jede Minute untergehen zu können. Das sanfte Wiegen der Wellen, die schwappende Wasseroberfläche in den Ohrmuscheln. Nur aus Kopf bestand ich, und aus zappelndem Leben.

In der Kindheit waren die Tage lang, im Rücken die Sonne. Ich will hier nicht liegen, ich will gehen, Fahrrad fahren, mein Mann hat kein Fahrrad: «Ich brauche keins!» Dieser Tag, der nutzlos ist, soll vergehen. Der nächste Morgen soll kommen, Wiedererwachen im Kinderbett, ich will nach Hause, es ist erst Vormittag, elf Uhr.

Eine weiße, rechteckige Narbe auf dem Bein. Je brauner meine Haut wird, desto deutlicher tritt sie hervor.

Auf geliehenen Klapprädern ging es durch den Wald in Richtung Mols Bjerge. Das erinnere ich noch, weil mein Vater Prospekte von dieser Gegend dabei hatte. Hügelige, trockene Graslandschaften mit Kühen. Plötzlich liege ich am Boden, das Fahrrad auf mir, klebrige, orangene Tannennadeln stechen in meine Handballen, das Speichenschloss steckt in meinem Bein. Mama hilft mir beim Aufstehen, mein Vater hält mein Rad, auf seinem sitzt mein Bruder in der Blechschale am Lenker. Auf dem Rückweg war das Blut auf meinem Bein getrocknet, die Sorge meiner Mutter, ich könnte eine Blutvergiftung haben, platzte immer wieder auf, und in den Fahrradtaschen meines Vaters schlugen Tonflaschen, gefüllt mit Schnaps, gegeneinander.

Herr Wallbrecht bleibt am Fußende des Liegestuhls stehen, dahinter dreht mein Vater seine Runden. «Gleich wird geschlachtet!» Mit der Hand über den Augen schirme ich die Sonne ab, blinzle. «Wer?» – «Die Schafe.» – «Alle?» – «Fast alle.» Keine schöne Vorstellung. Gar keine Vorstellung. Wie sieht Schlachten aus? Ich sehe nur Rot, vielleicht liegt es an meinen kurz geschlossenen Lidern. «Die Schafe werden schon in den Stall getrieben.» Also werden sie hinter dem Haus geschlachtet. «Geh doch lieber rein.» Herr Wallbrecht reicht mir die Hand, jemand soll Papa aus dem Wasser holen. Mein Handtuch verrutscht, Herr Wallbrecht fängt es auf, dabei geht er etwas in die Knie.

Das Fenster ist zu, der grobe Vorhang geschlossen, doch durch die locker gewebten gelben Fäden dringt Licht. Unten im Etagenbett unter der Blumendecke liege ich, kann mich nicht entschließen, die Augen endgültig geschlossen zu halten, so müde bin ich nicht. Über mir schwebt wieder die Matratze meines Bruders. Etwas von ihm muss damals in die Füllung gegangen sein. Etwas Kindliches, Liebes, seine Träume. Sein Körper muss sich in die Matratze gedrückt haben, bestimmt würde ich seinen Abdruck mit den Fingerspitzen ertasten können, würde ich mich oben auf die Matratze knien, könnte mich neben ihn legen, ihn umarmen, mit ihm flüstern.

Die Nachbarn. Die Türglocke schrillt durchs Haus. Von der Eingangstür, die kleine Treppe hinunter, durch den kühlen, dämmrigen Flur habe ich sie geführt. Eiswürfel klirren leise in ihren Gläsern, als sie am Nachmittag in Sommerkleidern im Schatten der Akazie stehen. Meine Mutter tritt über die hohe Schwelle hinaus in den Garten. Auf ihrem Arm mein Bruder. Anfassen, halten wollen sie ihn. Mamas cremefarbenes Kleid schwingt, der Bernstein pendelt an einer dünnen Goldkette an ihrem Hals. Sophies Vater sitzt auf meiner Schaukel, seine Füße, in Schuhen aus geflochtenem Leder, stemmen sich in die dunkle Erdnarbe darunter. Er schwingt hin und her, ein Glas in der Hand, zwischen den Fingern oder den Lippen glimmt ein Röllchen aus gedrehten Blättern, zusammengehalten von zwei rosa Fädchen. Eine Puppe aus blauem Frottee wird meinem Bruder in den Arm gedrückt. «Damit hat Sophie schon gespielt!» Sophies Mutter küsst meinen Bruder, nimmt ihn Mama aus dem Arm. Mein Bruder fliegt hoch, fliegt hoch, vorsichtig muss man sein, dann liegt er wieder in einem anderen Arm, Hände streichen über seinen Kopf. Sophie darf meinen Bruder halten.

Am Ende des Gartens steht die hohe Gartentür offen, ein heller, breiter Lichtbalken liegt über der Treppe, die zu uns hinunterführt. Mein Vater schiebt sein Fahrrad aus dem Schuppen auf den sonnigen Platz hinaus. Ohne aufzusehen, zieht er die Tür hinter sich zu.

Ich steige die Etagenbettleiter hinauf, lege mich zu meinem Bruder. Unter seiner Decke ist es warm, ich kann nicht ohne Decke schlafen. Draußen, hinter dem Vorhang, bewegt sich jemand, die Stimme meines Vaters dringt dumpf durch das geschlossene Fenster.

«Papa!» Ich war ihm hinterhergelaufen, er hatte sich nicht umgedreht, war auf seinem Fahrrad zwischen den roten Häuserwänden entlang in Richtung Straße gefahren. Dort war er um die Ecke gebogen. Ich rannte hinterher, barfuß, ich wollte wissen, warum er wegfuhr und wohin. Der Asphalt war heiß, darüber flimmerte die Luft. Niemand war auf der Straße, wie ausgestorben lag alles da: Meine Schule auf der anderen Straßenseite, bunte, gemalte Fensterbilder vor schwarzen, gähnenden Klassenzimmern, der leere Fahrradständer, der leere Parkplatz, der Spielplatz. Kein Wind, nur Hitze, und ich lief zurück, über die spitzen Steinchen in unseren Garten. Da stand meine Mutter mit meinem Bruder auf dem Rasen, dahinter schwang Sophies Vater immer noch auf der Schaukel. Später lagen seine Arme um Mamas Taille, nur für einen Moment, an sein Lächeln kann ich mich gut erinnern, aufmunternd war es, und seine Lippen glänzten.

All das scheint zu einem anderen Leben zu gehören, nicht zu meinem, vielleicht zu dem meiner Mutter. Es sind Bilder, Gerüche, an die ich mich erinnere, sie haben keine Auswirkungen, auf nichts, außer dass ich das Bedürfnis habe zurückzukehren, in die kühlen Wohnzimmer, die abgeschirmten Gärten, die Nähe, meine Nähe. Oder ist es meine Mutter, die mich an die Hand nehmen soll? Ich bin es, die durch die Siedlung läuft. Der breite Mittelweg vor mir, rechts und links die roten Backsteinwände, über die hohen Mauern der Gärten hängt Goldregen, Flieder, dahinter eine Birke. Ihre Kätzchen plumpsen auf den Weg vor mir, barfuß trete ich auf die gelben Würste, hebe sie auf, drehe sie gegeneinander, dass die Samen herausfallen. Es ist nach drei am Nachmittag, jetzt darf ich bei Sophie klingeln.

Hinter der silbernen Briefklappe neben der Gartentür befindet sich die Klingel. Ich hebe die Klappe an, drücke auf den Knopf, die Tür springt auf. Am Ende des Gartens steht Sophies Mutter in der offenen Terrassentür. Vom Wohnzimmervorhang leicht verdeckt, steckt sie sich an beiden Seiten die feinen Haare mit schmalen Haarklammern fest. Unter dem Essigbaum mit seinen purpurroten Samtkerzen liegt der Küchenabfall: zerbrochene Eierschalen, Apfelschale, Kartoffelschale, verwelkte Blumen. Die breite Waschbetontreppe hinunter, in Richtung Terrasse. Aus dem angekippten Fenster darüber dringt Sophies Geigenspiel. Beim Geigespielen hält Sophie die Augen geschlossen, und zwischen Kinn und

Geige klemmt ein feines, buntes Tüchlein. Um sie herum sitzen ihre Puppen auf Koffern und niedrigen, schwarzen Kisten.

Hinter Sophies Mutter steht ein Cembalo, manchmal spielen Sophie und ich darauf, nebeneinander auf dem breiten Klavierhocker sitzend, obwohl wir das nicht dürfen. «Das Cembalo ist empfindlich!» Darüber hängen Masken an der Wand: golden, schwarz, mit langen, gebogenen Nasen und mit roten Steinen besetzt. Die Masken hat Sophies Vater aus Venedig mitgebracht. Ich stelle mir vor, wie er mit ihnen durch Venedig läuft, eine Maske vor dem Gesicht, die restlichen in der Hand.

Ich darf warten, bis Sophie mit dem Geigeüben fertig ist. Aber ich soll still sein, damit sie nicht merkt, dass ich da bin. «Sonst kann sie sich nicht konzentrieren!» Ich bleibe neben dem Cembalo stehen, meine Sandalen habe ich auf dem Abtreter vor der Terrassentür ausgezogen, ich fühle den harten beigen Teppich unter meinen Füßen. Jetzt kommen die gestrichenen Töne durch den Flur, das kühle Treppenhaus, durch die offene Wohnzimmertür. Sophie setzt an, spielt ein paar Takte, bricht wieder ab, setzt neu an. Ihre Mutter verschwindet hinter dem Vorhang, der in die schmale dunkle Küche führt. Auf der niedrigen Fensterbank steht der Vogelkäfig, darin flattert Sophies blauer Wellensittich. Er hackt gegen die Gitterstäbe, gegen den kleinen runden Spiegel, der von der Käfigdecke pendelt. Ich weiß nicht, wie lange ich warten soll, setze mich auf den breiten Hocker, der mit grobem Cord bezogen ist. Meine Unterschenkel hängen, meine Fußspitzen berühren gerade noch den Boden. Meinen Rock, dunkelblaue Blümchen auf weißem Grund, breite ich über die Oberschenkel und Knie aus, streiche ihn glatt, darf mich nicht bewegen, damit er keine Falten wirft. Mama hat mir den Rock genäht, der breite Gummizug kratzt am Rücken, das ist immer so, wenn ich etwas schwitze. Dann hilft es, das T-Shirt zwischen Haut und Gummizug zu stecken. Ganz vorsichtig die Arme anwinkeln, damit der Halbkreis nicht kaputtgeht. In der Küche steht eine dunkelblaue, quadratische Schüssel, darin sehr gelbe, sehr weiche Butter. Die löffelt Sophie heimlich. «Willst du auch?»

Wenn Sophie Geburtstag hat, gibt es Zitronenkuchen mit weißer Glasur und am Abend kleine Würstchen in Blätterteig.

Als ich aus dem Mittagsschlaf aufwache, bin ich verwundert, dass ich noch immer da bin, nichts hat sich geändert. Oben auf dem Etagenbett liege ich, verschwitzt, die Decke zwischen den Beinen, der Rock ist hochgerutscht. Diesen Zustand nennt man Verwirrung, ich weiß nicht, welcher Tag heute ist, wie lange ich noch hier bleiben muss. Ähnlich ist das Gefühl nach einer Ohnmacht.

In meiner Vorstellung läuft mein Mann barfuß, mit einem Glas in der Hand, durch unsere Wohnung. Die Balkontüren im Schlafzimmer sind geöffnet, das Bett ist nicht gemacht, er tritt hinaus, besieht sich die Pflanzen, über den Dächern sieht es nach Regen aus, die Blätter des Oleanders zittern im plötzlich aufkommenden Wind. Das Gefühl, Welten lägen zwischen uns, beunruhigt mich. Die Annahme, er hörte auf zu existieren, wenn ich schlafe, ist albern.

Als ich klein war, wurde ich sehr oft ohnmächtig. Ständig, so scheint es mir jetzt, war ich ohnmächtig. Ich lag auf dem Rücken in unserem Garten, und jedes Mal kniete meine Mutter neben mir, strich mir die Haare aus der kalten, feuchten Stirn. Ich kam von weither, zurück an die Oberfläche, über mir die wogenden Äste der Akazie, die schwarze Pergola, die verrosteten Haken, an der meine Schaukel hing. «Du hast plötzlich losgelassen!»

Ich liege in Mamas Armen, sie trägt mich über die Schwelle ins Wohnzimmer. Quer durch den Raum, ihre Schritte werden weicher, unter uns der dicke graue Teppichboden. In der hinteren Zimmerecke legt sie mich aufs kühle Ledersofa und bleibt neben mir auf der Polsterkante sitzen. Eines der Kissen schiebt sie unter meinen Kopf, die Bezüge dafür hat sie gerade erst genäht. Der blau-weiß gewebte Stoff riecht merkwürdig staubig, ich halte die Augen geschlossen, und Mama nimmt meine Hand.

Rauschen um mich herum. Wieder versuche ich wegzuschwimmen, in das große Rauschen hinabzutauchen. Dort unten vermute ich etwas, ich kann nicht sagen, was. Ein weißes Rauschen, ein feines Pixeln, eine Art Himmel, in dem Mama und ich uns treffen. Vielleicht ist es meine Ungeduld, die mich daran hindert zu glauben, dass wir uns, wenn alles zu Ende ist, wieder sehen. Jetzt will ich den Beweis, will, dass wir uns in diesem Nichts begegnen, um sicher zu sein, dass es das ist, was immer bleibt.

Von weither höre ich Mamas Stimme: «Sie ist von der Schaukel gefallen!» Ihre Stimme holt mich zurück, jetzt könnte ich die Augen öffnen, wäre wieder da. Mama steht auf, das lederne Polster bläht sich. Ihr Rocksaum gleitet über mein Gesicht. Dann ist da Papas Atem, ganz dicht an meiner Wange, seine Lippen auf meiner Stirn, seine flüsternde Stimme in meinem Ohr: «Armes Herzchen!» Mein Kopf wackelt, als er sich auf die Armlehne stützt, sein Knie stößt an meinen Oberarm. Zwischen Sofa und Tischchen ist nicht viel Platz, man muss seitwärts gehen, will man sich aufs Sofa setzen, oder jemanden küssen, der auf dem Sofa liegt.

Sie denken, dass ich schlafe, also unterhalten sie sich leise in der Küche. Aber ich bin nicht müde, ich höre ihre gedämpften Stimmen, das Amselzwitschern aus dem Garten, das Tellerklappern, als Mama das Geschirr auf das Tablett stellt, damit Papa es nach draußen trägt. Im Sommer essen wir abends immer im Garten unter der Pergola. Rechts und links von uns mähen die Nachbarn hinter den Mauern ihren Rasen.

Nach dem Essen mäht Papa unseren Rasen. Kräftig muss er sich gegen die hellgrüne Mähmaschine stemmen, damit sich die verrostete Trommel mit den scharfen Klingen über den unebenen Boden bewegt. Immer wieder muss er von neuem ansetzen. Ein Bein nach hinten durchgestreckt, das andere angewinkelt, so geht es Stück für Stück vorwärts. Er hat sein Hemd ausgezogen, im Garten ist es fast dunkel. Ich sitze bei Mama in der Küche, sehe ihr beim Abwaschen zu, und durch das angekippte Fenster dringt der Duft von frisch gemähtem Gras.

Es gibt kein festes Bild von meiner Mutter, das immer wieder aus der Erinnerung auftaucht. Es sind eher Körperpartien, die ich sehr genau vor Augen habe. Die sonnengerötete Haut im weiten Ausschnitt ihrer Bluse. Meine Mutter trug ihre Blusen immer weit aufgeknöpft. Darunter war die Haut weich, und oft klebte der flache Bernsteinanhänger daran fest. Manchmal saß ich auf Mamas Schoß, löste den Bernstein mit meinen Fingerspitzen von ihrer Haut und drückte ihn wie einen Saugnapf wieder an. Nur wenn sie sich nach vorne beugte, meinen Bruder in sein Bettchen legte oder wickelte, baumelte der Bernsteinanhänger an der goldenen Halskette, und mein Bruder griff danach.

Wieder kommt Papa ins Zimmer, die Klinke in der Hand beugt er sich nach vorne, vermutet mich im unteren Bett. Die Bettdecke immer noch zwischen den Beinen, liege ich still und warte, dass er mich im oberen Bett entdeckt. «Da bist du!» Fast klingt es vorwurfsvoll. Ich richte mich auf, die Kleider kleben an mir, besonders an den Beinen und dem Rücken, ich taste nach meinen Haaren. «Sind alle Schafe geschlachtet?» Langsam krieche ich über die Matratze.

Die Illusion: Eine grüne Wiese, gesäumt von einer gepflasterten Landstraße, über die ein Bus holpert. In dem Bus sitzen Mama und ich auf aufgerissenen roten Kunstledersitzen und sehen aus dem Fenster.

Die Realität: Das Etagenbett. Ich klettere die Leiter runter, habe Angst abzurutschen, zu fallen, mir einen Splitter einzureißen. «Zwei haben sie gelassen!» Papa greift nach meinen Haaren, versucht sie glatt zu streichen. Früher hat er sich immer vor der Schule um meine Haare gekümmert, ich habe mich nie gefragt, wieso gerade er und nicht meine Mutter. Als Kind war ich mir sicher, dass nur mein Vater das kann, weil er den Umgang mit der Drahtbürste irgendwo gelernt haben muss.

Stumm stehe ich morgens in der Küche vor dem Fenster, halte mich an dem steinernen Fensterbrett fest, während mein Vater die Drahtbürste durch meine Haare zieht. Er zieht kräftig, die Haare sind verknotet, diese Knoten nennt mein Vater: «Knieste!» Es tut weh, draußen flattern die weißen Laken an der Wäscheleine, ich sage nichts, halte mich einfach nur an der dünnen, kühlen Platte fest, versuche, das Gleichgewicht zu halten, während ich mit den harten Bürstenstrichen mitgehe.

Wieder überlasse ich ihm meine Haare. Immer wieder streicht er mit seinen leicht gewölbten Händen über meinen Kopf, von vorne nach hinten, seine Hände zittern. Obwohl er vorsichtig ist, nur streicht, halte ich mich am oberen Bettgestell fest. Der Vorhang ist geschlossen, das Fenster dahinter ebenfalls. Der Raum ist zu klein, zu warm für uns, zu meinen Füßen liegt der aufgeklappte Koffer, um uns herum die dunklen Holzwände. Endlich hält er am Hinterkopf den Zopf zusammen. «Hast du ein Gummi?» Irgendwo liegt es, ich weiß nur nicht wo, ich kann mich nicht erinnern, ob ich am Vormittag einen Zopf hatte, vielleicht liegt das Gummi im Badezimmer unter dem Spiegel, möglich, dass es auf dem Teppich zwischen Koffer und Bett liegt. Wie soll ich suchen, wenn mein Vater das Haar straff festhält? Mit der ausgestreckten Fußspitze schiebe ich den Koffer zur Seite, beuge mich vorsichtig nach vorne, Papa geht mit, die Faust an meinem Hinterkopf. Da liegt das Gummi, wir beugen uns tiefer hinunter, meine Hand greift zu, dann stehen wir wieder. «Hier!» Umständlich zieht er die Haare durch das Gummi, ich weiß genau, der Zopf sitzt nicht an der richtigen Stelle, viel zu locker, er hat keine Ahnung, wie ich es gerne mag oder er kriegt es nicht so hin, wie ich es gerne mag, er müsste es wissen, schließlich sieht er mich hier jeden Tag. «Fertig!»

Papa sieht müde aus, seine Augen sind immer etwas feucht, manchmal denke ich, es liegt an der täglichen Rührung, das Leben rührt ihn, besonders sein eigenes Schicksal. Ob diese Rührung mit Trauer vergleichbar ist? Vielleicht tarnt er die Trauer als Rührung, und wenn dem so ist, sollte ich ihn jetzt umarmen. Mein Impuls ist ein anderer, an ihm vorbei auf die Terrasse gehen, prüfen, wie warm es draußen ist, ob sich die Stimmung geändert hat, seitdem die Schafe geschlachtet worden sind.

Ihr entsetztes Blöken hängt in der nebligen Luft über der Weide, darin verschwinden die zurückgebliebenen Schafe, grasen allein, den Hügel hinauf. Ich frage mich, ob sie wissen, dass nur sie übrig geblieben sind? Grasen so ruhig, dass ich sie um ihre Gelassenheit beneide. Damals standen sie, Herr Wallbrecht und das Mädchen, dicht an dicht, ganz oben, schossen Pfeile den Hang hinunter. Unten saßen Mama und ich am Terrassentisch, sahen meinem Bruder beim Reiten auf den Findlingen zu.

Ich küsse Papa flüchtig. Wann hat er das letzte Mal geküsst, so richtig geküsst, gestreichelt, liebkost? Das Klopfen auf meinen Oberschenkel meine ich nicht, das ist hilflos und doch, Hände wollen streicheln. Nach dem Kuss auf seine Wange gehe ich an ihm vorbei auf die Terrasse. Feucht und bedeckt ist der Himmel, das Mädchen von nebenan läuft im Badeanzug in Richtung See. Im Uferdickicht, auf der anderen Seite vom See, modert ein umgedrehtes, leckes Boot, da könnte man sich treffen, im feuchten Schatten unbeobachtet liegen. Schlammige, zarte Haut, der blaue Badeanzugträger wird nach unten gezogen. Noch mehr feine, nackte Gänsehaut. Ich weiß, wie das aussieht, wenn Fingerkuppen sachte darüber ziehen.

Papa tritt hinter mich, beim Atmen rasselt es in seiner Brust, seine Hand auf meiner Schulter. Sie hat braune Flecken auf dem Rücken bekommen. Die gleichen hatte meine Großmutter, als sie sagte: «Ich sterbe!» Jetzt wundere ich mich, dass er älter wird. Nur bei meiner Mutter konnte ich mir das Altern vorstellen.

In der langen Diele, die beide Ferienwohnungen mit dem Wohnhaus verbindet, hängen gerahmte Fotos an der weißen Längswand. Darüber kleine Halogenstrahler an der Decke. Auf jedem der Bilder ist Herr Wallbrecht zu sehen: nackt in einer türkisen Brandung, mit einer großen Südseemuschel, mit Pfeil und Bogen im Urwald. Nur auf einem ist eine junge Frau abgebildet, in starkem Regen. Das leichte graue Kleid klebt an ihrem gebräunten Körper. Die Wölbungen ihrer Brust, ihrer Oberschenkel sind gut zu sehen. Breitbeinig, barfuß steht sie in grünem Schlamm, die Hände hinter dem Kopf verschränkt. So lacht sie in die Kamera. Hinter ihr sind verschwommen die Lehmhütten zu erkennen.

«Kitschig!», sagt Papa. Er hockt auf der gegenüberliegenden Seite vor dem Kamin. Den Kopf schief gelegt, bläst er gleichmäßig in die Glut. Oberhalb der Feuerstelle ist ein Einschussloch im Verputz. An seiner Art, in die Glut zu blasen, hat sich nichts geändert, nur sein Körper hat sich verändert, das Luftholen ist schwerer geworden, beim Aufrichten schwankt er, hält sich am Sims fest, streicht sich eine Strähne aus der Stirn, eine bekannte Geste. Er setzt sich neben mich auf einen der Korbstühle, die Hände auf den Knien, die Finger sind angeschwollen, der Ehering scheint viel zu eng. So sieht er in das auflodernde Feuer, zieht Luft durch den offenen Mund. Er wartet ab, bereit, die Glut noch einmal zu beatmen.

Eines Tages schwimmt mein Vater hilflos auf dem offenen Meer, versucht sich am Rand des gekenterten Kanus festzuhalten: «Immer beim Boot bleiben!» Das hat er irgendwo gelesen. Hinterher sagt er: «Ich weiß nicht mehr wo.» Er rutscht ab, ist halb erfroren. Als die Seewacht ihn mit Hilfe von Haken und Stangen aus dem Wasser zieht, kugelt sein Arm aus. Mein Vater muss ins Krankenhaus. So lange sind meine Mutter, mein Bruder und ich alleine im Ferienhaus, schlafen nebeneinander im breiten Ehebett. Ein Jahr später verletzt er sich an einem rostigen Nagel. Er glaubt nicht, dass er eine Blutvergiftung hat. Erst als es fast zu spät ist, lässt er sich von meiner Mutter ins Krankenhaus begleiten. «Na gut!»

Die Jahre, die Papa noch bleiben, kommen mir zu kurz vor. Die beigen Hosenbeine sind hochgerutscht. Papa trägt Sandalen und darin dicke blaue Wollsocken. Dazwischen gerötete, geäderte Haut. Dorthin sehe ich, versuche zu begreifen, dass das Leben ist. Papa hat schon immer beige Hosen getragen, manchmal graue, diese Hosen werden später im Schrank hängen, die Beine werden fehlen.

Der nackte Oberkörper meines Vaters bewegt sich durch unseren Garten, verschwindet am hinteren Ende zwischen den Stachelbeerbüschen, mein Bruder und ich schaukeln, sehen dem sonnenverbrannten Rücken zu, der jetzt wieder auftaucht, sich nach vorne beugt, die dazugehörigen Hände halten den Gartenschlauch, wir schaukeln. In der Küche steht Mama, das Fenster ist angekippt, im Garten ist es hell, wir spiegeln uns im Glas. Du musst näher rangehen, deine Hände ums Gesicht legen, dicht an die Scheibe. Da steht sie an der Spüle und wäscht ab. Ein Schatten gleitet durch die dunkle Küche, durchs Wohnzimmer, da ist Mama in der offenen Terrassentür. «Guck mal, was ich kann!»

Ein dumpfer Aufschlag. Über mir die schwarze Pergola. Mama. Mama, halt mich, Mama. Etwas anderes als das gibt es nicht. Das Knarren der Äste, das Rauschen, wenn der Wind durch die Blätter der Akazie geht. Oben klappt ein Fenster. Mama. Hier sind wir. Die Erde unter mir ist dunkel und trocken. Mein Rock hat Flecken.

Valerie und ich stehen vor den Fotos in der Diele. Sie interessiert sich besonders für die junge Frau im Regen: «Wer ist die Frau?» Ich weiß es nicht. «Vielleicht seine Frau.» Valerie schüttelt den Kopf. «Glaube ich nicht!» Auf jeden Fall möchte Valerie ihre Haare genauso kurz haben. «Hilfst du mir beim Abschneiden?» Ich bin nicht sicher, ob das ihren Eltern recht ist. «Ach was, die merken das doch gar nicht!»

Am nächsten Mittag schneide ich Valerie in unserem Badezimmer die Haare. Die Tür haben wir zugeschlossen, angespannt warte ich, dass jemand klopft. «Was macht ihr da drinnen?» Ich schneide ununterbrochen, damit ich nicht überlegen muss, die abgeschnittenen Haare bleiben wie tot auf dem gekachelten Boden liegen. «Wie sehe ich aus?» Valerie springt von ihrem Sitz auf und starrt in den Spiegel. Ich habe Schwierigkeiten, sie wieder zu erkennen. Ihre Eltern werden die Veränderung bemerken. Das ist egal, Valerie will Herrn Wallbrecht gefallen. «Ich muss ihm gefallen!» Warum, weiß ich nicht. Herr Wallbrecht hat die junge Frau im Regen wohl sehr geliebt. «Darum werde ich ihm gefallen!» Valerie hat etwas vor. «Was hast du vor?» Sie will es mir nicht sagen. «Noch nicht!» Valerie ist so alt wie ich, also viel zu jung für Herrn Wallbrecht. «Ach was!» Sie sagt: «Herr Wallbrecht braucht ein wenig Wärme.» Und wieder habe ich keine Ahnung, wie sie darauf kommt. «Seine große Liebe ist verunglückt, hat ihn verlassen.» Valerie sagt: «Da ist eine tiefe Traurigkeit in seinen Augen!»

Vor der verglasten Schmalseite der Diele läuft das Mädchen über die matt erleuchtete Terrasse. Sie läuft durch unser gelbliches Spiegelbild. Papa vor dem Kamin hockend, ich hinter ihm im Stuhl sitzend, mit einem Buch auf den Knien. Natürlich werde ich nicht darin lesen, weil mein Vater nichts zu lesen hat, er könnte sich ausgeschlossen fühlen. Nur, irgendetwas will ich machen, früher habe ich gestrickt. Der Pullover ist nie fertig geworden, und ich frage mich, was damit passiert ist. Lange lagen die einzelnen Teile in einer Plastiktüte in meinem Kleiderschrank.

Natürlich wollte ich immer, dass Herr Wallbrecht mich bemerkt, dass er sich in mich verliebt. Jetzt ist es mir egal.

Meine Eltern haben sich oft geküsst. Mir scheint, immer in der Küche, gegen Abend, an der Spüle. Dazu gehörte das Amselzwitschern durch das angekippte Küchenfenster, gelbes Licht. Sowieso erscheint mir meine Kindheit im gelben Licht. Vielleicht liegt das an den gelb lackierten Flächen, den gelben Griffen in unserem Haus. Überall, wo gelbe Griffe sind, fühle ich mich geborgen. Manchmal bin ich darüber erstaunt, an wie vielen Orten es gelbe Griffe gibt. Das verdünnt von Mal zu Mal die Erinnerung an die eigenen Griffe, den Geruch, die kühle Stille in unserem Haus. Nur ein einziger Griff war dunkelblau und rund, der Griff in der gelb lackierten Schiebetür.

Mama zieht die Tür am Griff aus der Wand, trennt damit die Küche vom Wohnzimmer ab. «Kommst du zu mir?» Noch stehe ich im Wohnzimmer, muss mich beeilen, wenn ich in die Küche will. Da kocht meine Mutter das Mittagessen. Wo mein Bruder ist, weiß ich nicht. Wahrscheinlich macht er Mittagsschlaf. Beim Kochen schließt Mama immer die Schiebetür. «Es soll nicht im ganzen Haus nach Essen riechen!» Manchmal stelle ich mich zwischen Tür und Wand, greife mit beiden Händen rechts und links von der Schiebetür in die blauen Griffe und ziehe sie aus der Wand in meine Richtung. Ich ziehe sie so weit, dass ich kaum noch atmen kann. «Hör auf, dich einzuquetschen!»

Western von gestern war das Einzige, was ich im Fernsehen sehen durfte. Am Anfang oder am Ende schießt Fuzzy in die Mattscheibe. Das Glas zerspringt und Zorro, der mit der schwarzen Maske, sitzt im Gefängnis und wartet auf seine Hinrichtung. Plötzlich schieben sich die Gefängnismauern auf beiden Seiten zusammen. Der Raum für Zorro wird immer kleiner. Die Wände drohen ihn zu zerquetschen. Zorro löst mit Hilfe seines Messers eine Bodenplatte, stellt sie hochkant. Zorro ist gerettet.

Jetzt die Erinnerung an meine erste Schultasche. An das dicke, glatte Leder. Den Geruch. Die silbrig glänzenden Schnallen. Ich sitze auf meinem Stuhl im Klassenzimmer, um mich herum die anderen Kinder, das Klacken der Scout-Verschlüsse, die erste Schulstunde hat gerade begonnen. Ich schlage die schwere Lederklappe zurück, klemme sie zwischen Kinn und Brust. Unten, zwischen den Büchern, liegt mein Butterbrot in Papier eingewickelt. Später, als ich es in der Pause auf dem Schulhof unter dem Vordach esse, schmeckt es nach Leder, und in der Tasche riecht es nach säuerlichem Graubrot und Schinken

In der Grundschule sehe ich oft aus dem Fenster, auf die Wiese davor, dahinter die graue, schmale Straße, die sich um die rote Siedlung legt. Ich kann von meinem Platz aus den schattigen Backsteingang hinunter bis zu unserer weiß lackierten Gartentür sehen. «Da wohne ich.»

Einmal taucht der Vater von Astrid am Fenster auf und klopft. Alle Kinder sehen zur Scheibe und zu dem Mann hinter den bunten Fensterbildern. Astrid springt auf, presst ihre Hände gegen die Scheibe und schreit: «Papa! Papa!» Dabei schielt sie noch mehr als sonst, obwohl ihr eines Brillenglas schon zugeklebt ist. Unsere Lehrerin lässt einfach das Rollo vor den Fenstern runter, und plötzlich ist es dunkel und sehr still in unserem Klassenzimmer. Nur Astrid brüllt weiter: «Mein Papa!»

Astrids Eltern haben sich scheiden lassen, und Astrid darf ihren Vater nicht mehr sehen. Von draußen hämmert er an die Scheibe, seine Stimme dringt dumpf zu uns durch, die wir still auf unseren wackligen Stühlen sitzen. «Astrid, mein Liebling. Papa ist hier!»

Jeden Morgen ist es ein schönes Wiedersehen, wenn Mama in mein Zimmer kommt, um mich zu wecken. Meistens bin ich schon wach. Sie schiebt den dunklen Vorhang zur Seite, setzt sich auf meine Bettkante, beugt sich zu mir, küsst mich. «Meine Mama!» Und immer lächelt sie. Hinter der Gardine ist die Sonne gut zu erahnen, die Krone der Akazie wirft ihre Schatten. «Du musst aufstehen, sonst kommst du zu spät in die Schule!»

Jeden Morgen war es ein Abschied bis zum Mittag, mir schien, ein Abschied für immer. Mama stand in der offenen Gartentür und winkte, ihr Blick begleitete mich von dort den Gang hinunter bis zur Straße. Immer wieder drehte ich mich um, winkte und winkte. Dabei versuchte ich nicht zu wanken, die Schultasche war so schwer. «Zu schwer!», sagte die Lehrerin. «Das liegt am Leder!» Dann ging es über die Straße, in Richtung Schule. Am Eingang zur Aula hing eine kreischende, bunte Kindertraube. An ihr quetschte ich mich vorbei, in die Aula, auch hier zu viele Kinder, links, den Gang hinunter. An der weiß gestrichenen Wand läuft eine schwarze Garderobenschiene entlang, unterbrochen von roten Klassenzimmertüren.

Einmal haben sie Ulrich zu dritt festgehalten, hochgehoben und hinten am Pullover an die Haken gehängt. So etwas passiert Kindern, die in der Schule unbeliebt sind, und Ulrich ist unbeliebt. In der Pause rennt er mit spitzem Mund hinter den Mädchen her, immer im Kreis über den Hof: «Komm Kleine, ich will dich küssen, küssen!» Und die Mädchen haben Angst, dass er sie zu fassen kriegt. Ulrich ist dreckig, jedenfalls denken das alle, und eigentlich sagen ihm das auch alle: «Du bist dreckig, Ulrich.» Jeden Tag hat er die gleiche Hose an, und sein Bruder, der auch in unsere Klasse geht, hat genauso eine Hose an. Sowieso sehen sich Ulrich und Gerhard sehr ähnlich, wenn Gerhard nicht diesen noch größeren Mund hätte, mit dem er ebenfalls versucht, die Mädchen zu küssen. Manchmal sage ich zu Ulrich: «Du bist dreckig!» Aber nicht so oft wie die anderen Kinder, weil mir Ulrich Leid tut. Der wird an Garderobenhaken aufgehängt, und alle finden es lustig.

Außerdem mag ich Ulrich, weil er mal einer Eidechse das Leben gerettet hat. Sein Bruder Gerhard hatte die Eidechse gefangen und ihr zwei grüne Stecknadeln in die Augen gestochen: «Damit sie besser aussieht!» und Ulrich hat ihr zum Trost Gras in eine durchsichtige Dose, aus der am Kiosk sonst Weingummi verkauft wird, gelegt und freundlich mit ihr gesprochen: «Du Arme, Kleine, hast Nadeln in den Augen!» Und dann hat Ulrich, wir saßen alle vor dem Sportunterricht im Umkleideraum, fertig zum Losturnen, die Eidechse mit den Nadeln im Kopf aus der Dose genommen, hochgehalten und geküsst. Und danach hat er uns wieder mit seinen Eidechsen-Lippen durch die Turnhalle gejagt.

Vor der letzten roten Tür mache ich Halt, setze mich im Schneidersitz auf den kalten, klebrigen Boden und warte, bis die erste Stunde anfängt.

Mama sagt: «Die Kinder mögen dich.» Auf dem Pausenhof stehe ich allein unter dem Vordach und esse mein Brot. Ich habe Schinken auf dem Brot, die anderen Nutella; meins ist in Papier eingewickelt, die anderen haben Frischhaltetüten; ich habe einen Lederranzen, die anderen einen Scout.

Nach der Schule ziehe ich meinen Rock aus und breite ihn auf dem Weg vor unserer Haustür aus, setze mich darauf, beginne mit meinen Schulaufgaben. Mama ist nicht zu Hause, ich habe keinen Schlüssel. Der Ahorn vor unserem Haus gibt ein wenig Schatten, mein Knie ist in der Sonne. Auf dem Weg vor mir laufen Ameisen, krabbeln über das Moos zwischen den Steinen. Ich bin vielleicht vierzig, wenn Mama stirbt, rechne ich aus.

Sechs Jahre später stellt sich heraus, dass man so nicht rechnen kann. Die Tatsache, dass meine Mutter nicht wiederkommt, macht mich krank.

Die Klinik. In der Eingangshalle ist es kühl, man kann bis zum verglasten Ende sehen. Dahinter liegt der See in der Mittagssonne. Die grünen und blauen Sessel um die runden Tische sind spärlich besetzt, dunkle Körper, ohne Gesichter, sitzen dicht beieinander, flüstern oder lesen.

Eine Schwester kommt, nimmt mich mit, wir steigen eine weiße Treppe hinauf, gehen einen Gang entlang, der Boden federt weich, an den Wänden hängen gemalte Bilder: Segelschiffe, Lichtreflexe auf Wasseroberflächen, Strandkörbe. Dazwischen nummerierte Türen. An eine wird geklopft, dann treten wir ein.

Immer noch weicher Boden, geradeaus eine geöffnete Balkontür, Sonnenlicht, zwei Betten, auf einem sitzt ein großes, kräftiges Mädchen in kurzen Hosen und Brille. Ich denke, sie hat ein Kaugummi im Mund, aber sie kaut nicht.

Ich soll meine Tasche auspacken, meine Sachen in den Schrank legen. Es wird geprüft, ob ich Abführtabletten, Schlaftabletten mitgebracht habe.

Am Morgen steht eine lange Schlange Mädchen in Nachthemden im Gang. Eine nach der anderen werden wir in einer fensterlosen Kammer gewogen. Dabei dürfen wir unsere Hemden anbehalten, die Mädchen warten unruhig auf dem Gang, treten von einem Bein aufs andere. «Sie haben Wasser getrunken, um schwerer zu sein!», erklärt mir Monika, meine Zimmerkameradin. Von hinten beugt sie sich über mich, sie ist sehr groß, riecht nach Milch, milchiger Seife. Ihr Kopf ragt über meine Schulter, ihre aufgeworfenen Lippen formen sich dicht neben meinem Ohr. Ich wünschte, sie würde Abstand wahren. Diese unverlangte Nähe erträgt kein Mensch.

Nach dem Wiegen bleibt sie sehr lange in unserem Bad. So lange warte ich auf meinem Bett sitzend. Woanders kann ich nicht warten. Außer auf dem Balkon, aber da ist kein Stuhl und ich möchte gerne sitzen. Der Betonboden ist zu kalt, da erkältet man sich. Besser noch ist liegen. Auf dem Bett, auf der Seite, die Beine anziehen, das Kissen über die Augen legen. Ich habe nichts vor. Mir war es recht, hierher zu kommen.

Eine Menge Ärzte stehen im Halbkreis in unserem Zimmer. Wie es uns geht, wollen sie wissen. Monika ist immer noch im Badezimmer. «Mir geht es gut.» Ich soll mich auf den Rücken legen, mein T-Shirt hochschieben, ruhig atmen. Ich habe Herzgeräusche. Herzgeräusche? «Ja.» Ist aber nicht gefährlich. Dann tastet jemand auf meinem Bauch herum. «Massage.» Ich brauche Bauchmassage. Ist mir recht. Mir ist alles recht. Besonders autogenes Training, Morgengymnastik, Themenzentrierte Interaktion. Fernsehen im dunklen Zimmer.

Oben neben dem Saal für autogenes Training, gegenüber vom Frühstücksraum, sitzen Esther und ich im Fernsehzimmer. Die Vorhänge sind zugezogen, Stühle stehen verstreut im blau flimmernden Raum. Ein sehr dünnes Mädchen, ein Skelett mit wenigen grauen Haaren, kommt herein, ein Kissen um das Becken gebunden. Sie setzt sich auf einen Stuhl an der Wand, schlägt die Beine, oder Knochen, übereinander. Manche Mädchen legen sich Kissen zwischen die Knie, wenn sie schlafen.

«Sonst tut es weh.» Manche Mädchen nehmen Abführtabletten. «Sehr viele», sagt Monika.

Monika hält sich immer noch im Bad auf.

Beim autogenen Training liegen wir in zwei Reihen auf dem Rücken. Jeder hat seine eigene bunte Decke. Ich liege in der vorderen Reihe. Draußen ist früher Nachmittag, sehr sonnig, sehr mild, nur ein wenig Wind, schönes Wetter, um in der Stadt zu sein, bei diesem Wetter hat es immer Spaß gemacht, einkaufen zu gehen. Jetzt die Augen schließen. Eine große Welle rollt gemächlich heran, ruhig, sehr ruhig. Wir sollen uns einen Platz denken, der uns entspannt. Die große, ruhige Welle rollt heran. Hier, in der Mitte des Meeres bin ich, da vorne ist der Strand. Erde, Sonne, Wasser. Salziges Meer. Meine Beine strampeln, meine Arme kreisen, gleich hebt mich die Welle an. Ich lasse mich auf den Rücken gleiten, gleite mit der Welle in Richtung Strand. Da steht Mama und winkt mir zu.

Oranges Schlauchboot. Weißer Sonnenhut. Ich bin es, die ihn auf dem Kopf hat. Ich bin es, die in dem Schlauchboot sitzt. Papa hat es festgebunden, die Schnur unter einen Stein am Strand gelegt. Unter den orangenen Luftkammern schwappen die grünen Wellen. Etwas Wasser ist immer im Boot, meine blaue Frotteehose wird hinten nass. Jetzt kippt das Boot um. Unter Wasser. Wasser im Mund, in der Nase. Druck in der Nase. Brennen.

Wirbelnde Arme, greifende Hände. Jemand zieht mich nach oben, stellt mich hin. Unter mir sandiger, welliger Grund. Ich stehe. Das Wasser reicht mir bis zum Nabel. Papa.

Themenzentrierte Interaktion. Später am Nachmittag sitzen wir in der ersten Etage im Kreis. Die Fenster sind angekippt, davor silberne Jalousien, etwas Licht kommt durch. Grauer, kurzer Teppichboden, wir tragen Hausschuhe, die Wände sind weiß, keine Bilder, nichts soll uns ablenken, wir sitzen im Kreis. Ich bin die Jüngste, einer von uns hat einen weißen Kittel an, schreibt mit. Von einem massigen Mann mit rotem, aufgedunsenem Gesicht erfahren wir, dass er als Kind von seinem Vater auf den Dachboden geschleppt und verprügelt wurde. Einmal hat ihm sein Vater eine Schlinge um den Hals gelegt. «Ich bringe dich um!» Da war der Mann mit dem roten Gesicht «Zehn Jahre alt!». Als er spricht, sieht er zu Boden, wickelt die Kordel seiner Trainingshose um den rechten Zeigefinger. Hier tragen fast alle Trainingsanzüge. «Ich hasse meinen Vater!», sagt der Mann. Jetzt sollen wir etwas sagen. Aber nicht zu dem Mann. Wir sollen sagen, wen wir hassen, oder warum wir meinen, dass wir krank sind. Ich fühle mich nicht krank. Ich bin nur allein. Die Frau neben mir rollt das «R». Sie ist schon länger hier, hat zwei Kinder und inzwischen hat sich ihr Mann in eine andere Frau verliebt. Das hat sie letztes Wochenende erfahren, als sie auf Besuch zu Hause war. «Wie soll ich da gesund werden?» Ich weiß nicht, was sie hat. «Das

Schwein hat dich nicht verdient!» Jetzt wird sich doch eingemischt, und wir alle hassen den Mann von der Frau neben mir.

Seit einer Woche bin ich hier. Papa darf mich nicht anrufen. Wenn ich mit ihm sprechen möchte, muss ich ihn anrufen. So sind die Regeln. Alle zwei Tage darf ich, an schwarz gebeizten Jägerzäunen vorbei, in die Stadt hinuntergehen. Blöde, kleine Stadt, eigentlich gar keine Stadt, eher kleine Häuser mit voll gestellten, parfümierten Geschäften untendrin. Hier kann man sich nicht wohl fühlen, es ist gespenstisch. Das Leben scheint in weiter Entfernung vorbeigeschlichen zu sein. Höhnisches Gekicher liegt als feiner, feuchter Hauch über allem. Heute Vormittag habe ich mir einen Becher mit einer aufgemalten Gans gekauft. Jetzt ist es mein Becher. Er steht im Badezimmer auf der Ablage vor dem Spiegel. Papa rufe ich nicht an. Ich weiß nicht, was ich mit ihm reden soll, weil er nicht weiß, was er mit mir reden soll. Zum Abschied hat er mir auf den Po geklopft. «Mach's gut!» Danach bin ich in den Zug gestiegen.

Das Abteil: warm, dreckig, leer. Meine Tasche stelle ich auf den mittleren Sitz, trete ans Fenster, ziehe das obere Drittel an den Griffen herunter. Draußen steht Papa. Ich strecke ihm die Hand entgegen. Er soll sie halten. Ich bin schon weg, meine Hand ist noch da, zu Hause, auf dem Bahnsteig. Meine Heimat. Gerade fühlt es sich an wie Heimat. Ich möchte da bleiben. Sogar auf dem

Bahnsteig sehe ich Mama stehen. Meine Eltern sehen zu mir hoch. «Haltet mich fest!» Sie halten meine Hände, draußen auf dem Bahnsteig. Hier drinnen bin ich. Der Zug ruckt an, Papa lässt meine Hand los. Nochmal: «Mach's gut!» Seine Augen sind feucht, er geht ein Stück mit mir, dann wird der Zug schneller. Ich winke. Papa winkt, und dann fällt mir die Geschichte ein, in der eine Frau ihren Arm verliert, weil sie aus dem Fenster hinauswinkt, als ihr Zug den Bahnhof verlässt. Schnell ziehe ich meinen Arm zurück ins Abteil. Das Fenster lasse ich offen. Hier drinnen ist es stickig. Die braunen Vorhänge blähen sich im Wind, flattern in mein Gesicht, mein nackter Arm klebt an der braunen Kunststoffarmlehne.

Dieser Moment zwischen Stillstand und Bewegung: der Ruck. Das Anrucken. Das Beschleunigen. Wegkommen. Ankommen. Weg-Kommen. In dem Wort steckt ein Widerspruch. Ankommen oder Wegkommen. Ich komme und gehe weg. Weg-Kommen.

Über mir schwarze, parallel laufende Stromkabel, blauer, wolkenloser Vormittagshimmel. Ich komme weg. Dabei lese ich ein Buch. Auf Seite 202, der letzten Seite, nimmt sich das Mädchen aus Liebe zur Mutter das Leben, indem sie aus dem Fenster springt.

Der letzte Satz:
«DieBlätterderBuchesindsonah,dasGrünistunerträglich,

icherkennedieRispendiebraunenSpitzenallesistsoüberdeutlichMamaliebeMamaliebeMamamama»

Natürlich muss ich weinen. Nicht richtig. Nur Tränen, kein krampfhaftes Weinen, vielleicht Schluchzen, wo liegt der Unterschied? Noch einmal die letzten Worte. «MamaliebeMamaliebeMamamama!» Das kann man endlos wiederholen. Es ergibt immer einen Sinn.

Nach ein paar Tagen freunde ich mich mit einem Mädchen an. Sie heißt Esther und ist sehr klein. Ungewöhnlich klein. Nicht unproportioniert, einfach nur klein. Sie reicht mir bis zur Schulter, und ich komme mir viel zu groß vor, als sei ich ihre Mutter. Automatisch verändert sich meine Stimme, wird tiefer, erwachsener. Das ist unangenehm, weil ich das Gefühl habe: «Das bin ich nicht!» Ich trainiere, meine Stimme zu behalten, so lange Esther neben mir geht. Wenn wir sitzen, ist es kein Problem.

Zuerst gehen wir ein Stück um den See, unter Bäumen entlang. Auf dem Wasser: Segelboote. Auf dem Boden: Äste, Steinchen. Über uns: Blätter, Äste, dahinter Sonne. Immer ist Sommer. Am Ufer: Mütter mit ihren Kindern. Hinter uns: ein Radfahrer. Esther redet, die Arme und Hände in Bewegung, solange wir gehen, den Kopf zwischen die Schultern gezogen. Als wir auf einer weißen Bank am Ufer sitzen, hört sie nicht auf zu gestikulieren. Erst als ich auch etwas sage: «Hast du einen Freund?», legt sie ihre Hände in den Schoß.

Wenn Valerie von Herrn Wallbrecht spricht, versuche ich mir vorzustellen, wie es ist, verliebt zu sein. «Er soll mich küssen!» Am Nachmittag steigt Valerie auf der Beifahrerseite in Herrn Wallbrechts dunkelblauen Kombi. Sie trägt kurze grüne Hosen, dazu eine Bluse, Turnschuhe. Aber eigentlich sehe ich nur nackte, braune, glatte Beine, die nacheinander im dunklen Innenraum verschwinden. Herr Wallbrecht steigt auf der Fahrerseite ein, zwinkert mir über das in der Sonne glänzende Autodach zu. Am Rand des Grabens bleibe ich im hohen Gras stehen, die Gänse versammeln sich hinter mir, krächzen, zischen, rutschen durch die aufgeweichte Erde. So sehe ich dem Kombi nach, wie er knirschend über den Hof rollt, von Herrn Wallbrecht an den Linden vorbei den Feldweg hinaufgesteuert wird. Valerie hat ihr Fenster heruntergekurbelt, winkt mir zu. Ich frage mich, ob Herr Wallbrecht ihre neue Frisur bemerkt hat.

Esther hat keinen Freund, ihre Eltern haben es ihr verboten. «Sie sind streng gläubig.» Merkwürdig gläubig. «Krankhaft gläubig!», sagt Esther, dabei sieht sie zwischen zwei Bäumen auf den See hinaus, ich habe Angst, dass sie anfängt zu weinen, aber sie lacht, zeigt mir ihre vernarbten Unterarme: «Ich stand oben auf dem Fensterbrett in meinem Kinderzimmer und wollte runterspringen. Dabei hatte ich mir schon die Pulsadern aufgeschnitten!»

Ich glaube nicht, dass ich Valerie damals darum beneidet habe, mit Herrn Wallbrecht in den Wald zu den Hochsitzen zu fahren, «um Wild zu beobachten». Ich hätte nicht gewusst, worüber ich mit ihm hätte reden sollen.

Endlich lässt Papa das Feuer sein, setzt sich zu mir. Das Buch lege ich neben meinen Stuhl auf die Fliesen. Draußen springt noch einmal das Mädchen vorbei, sieht zu uns herein. Ich winke ihr zu. Danach ist es verschwunden. «Willst du nicht lesen?» Papa sieht mich an, und in diesem Moment frage ich mich, was er noch vorhat. Er scheint nichts mehr zu wollen. Vielleicht werden ihm die Jahre, die vor ihm liegen, doch zu lang, zu viel. Woran hält er sich fest, um nicht verloren zu gehen? Nach dem Tod ist nichts.

Am Abend sitzen Mama und Papa nebeneinander auf meiner Bettkante. Die bunte Papierlampe macht weiches, rosa Licht im Kinderzimmer. Der dunkle Vorhang ist zugezogen, ich weiß, dahinter ist es noch hell. Im Sommer wird es spät dunkel, ich liege unter einer dünnen Decke. Wir falten die Hände. «Ich bin klein, mein Herz ist rein, soll niemand drin wohnen, als Jesus allein.» Meine Eltern stehen auf, beugen sich über mich, Mamas Bernsteinanhänger schlägt leicht gegen mein Kinn. Sie küssen mich, stützen sich mit den Händen rechts und links von meinem Kopf auf. «Gute Nacht.» Zwei Jahre später wird mein Bruder geboren.

Ein viertel Jahrhundert später sitzen mein Vater und ich auf zwei Sesseln vor einem Kamin und schweigen. Ich könnte ihn fragen: «Glaubst du an Gott?» – «Na ja, weißt du …»

Zwölf Jahre zurück sitze ich auf meiner Klinikbettkante und verliere die Nerven. Monika hat ohne zu fragen aus meinem Gänsebecher Tee getrunken. Ich schreie, so laut ich kann. Ich schreie und versuche, mir die Haare auszureißen. Als das nicht geht, weiß ich nicht, was ich machen soll. Endlich geht die Zimmertür auf, jemand kommt herein, setzt sich neben mich, nimmt mich in den Arm. Ich weine.

Papa. Er gleitet durch die verglaste Drehtür, zu mir, in die dunkle Eingangshalle. Schüchtern, langsam komme ich auf ihn zu, mit hängenden Schultern, hängendem Kopf. Ich flüstere: «Hallo Papa.» Er nimmt mich in die Arme, drückt mich fester als sonst, geht mit mir durch die Halle, sein Arm liegt um meine Schulter, so lässt er sich von mir führen, bis wir im dritten Stock vor einer Tür stehen und ich klopfe. Wir sitzen mit Dr. Heller im kleinen Kreis. Wieder sind die Fenster angekippt, davor Jalousien, dieses Mal künstliches Licht, obwohl draußen die Sonne scheint. Hier drinnen ist es kühl, Gänsehaut auf meinen Armen, keine Bilder an den Wänden, ein aufgeräumter Schreibtisch. Papa erzählt und ich ziehe Grimassen, ich denke, Gestörte ziehen Grimassen. Papa will helfen, und er erinnert sich an vieles, besonders daran, wie Mama nicht wollte, dass er sie nach der Geburt meines Bruders im Krankenhaus besucht.

Woran ich mich erinnere: Meine Mutter reagierte allergisch auf Insektenstiche. Darum klemmte an ihrem beigen Jackenausschnitt immer ein kleiner, batteriebetriebener Mückenfieper, der sehr leise, sehr hoch fiepte.

Mein Vater: «Meine Frau … sie hatte … hatte sie jemanden?»

Dr. Heller schreibt nicht mit. Er beobachtet mich, darum ziehe ich weiter Grimassen. Papa hat die Hände um die schmalen schwarzen Stuhllehnen gelegt. Auf seiner Stirn stehen kleine Schweißperlen. Er guckt von mir zu Dr. Heller und dann wieder zu mir.

Mein Vater: «Sie wollte nicht, dass ich sie nach der Geburt unseres … ihres Sohnes im Krankenhaus besuchen komme. Trotzdem habe ich sie einmal mit meiner … unserer Tochter im Krankenhaus besucht.» Er sieht mich an, will Bestätigung, wie ein Angeklagter. Oder ein Zeuge: «Erinnerst du dich?»

Ich nicke.

Dr. Heller: «Haben Sie Ihre Frau geliebt?»

Der Nebel liegt milchig über dem See, dahinter, irgendwo, die Sonne. Schweigend sitzen wir, mein Mann und ich, nebeneinander im grünen Tretboot, wir haben aufgehört zu treten. Wellen, die stärker werden, ein Motorboot hat uns weit draußen passiert, wiegen uns. An der Uferpromenade stehen Bäume, bräunlich silbern, die Oberseite der Äste spiegelt sich weiß im nebligen Licht. Ich frage: «Was sind das für Bäume?»

Platanen oder Ulmen.

«Platane» klingt besser, dahinter die Berge. Ich habe keine Vorstellung von der Landschaft oder Umgebung hinter den Bergen. Ganz hinten, der höchste Berg, im Nebel, bis weit hinauf bewaldet. Zurückgelehnt sitze ich jetzt, die Beine angezogen, meine neuen Schuhe, sehr billig, auf den Haltegriff vor mir gelegt, die Sitzschale drückt in meinem Rücken. Es gibt ein Foto von meinem Bruder und mir auf der roten Bugabdeckung eines Tretbootes. Mit gespreizten Beinen, einer Kapitänsmütze auf dem Kopf, nacktem Oberkörper, blauer Frotteeunterhose sitze ich vor der niedrigen Sichtscheibe, hinter der meine Eltern gemächlich in die Pedalen treten. Wer fotografiert hat, weiß ich nicht. Mein Bruder hockt zwischen meinen Beinen mit seiner weichen Stoffpuppe im Arm. Wir lachen.

Tiefschwarz bewaldeter Berg, das Gesicht meiner Mutter schwebt darüber, groß, breit, wie aus Zuckerwatte, legt es sich um die Spitze des Berges. In meiner Vorstellung gehe ich zwischen die Bäume, schlage mich durchs tiefgrüne Unterholz, suche meine Mutter.

Du fragst mich: «Was würdest du tun, wenn du plötzlich eine Hand aus dem Wasser ragen siehst?»

Oder: «Wie beschreibst du den Weg zurück?»

Augen zu, weißes, kein rotes Licht vor den Lidern. Ich erinnere mich gerne daran, wie wir uns zum ersten Mal an den Händen hielten: Wir standen dem großen, überfüllten Raum offen zugewandt, neben dir die Treppe nach unten zu den Schließfächern und Toiletten. Wir waren stolz, nebeneinander zu stehen, unsere Finger strichen immer wieder umeinander. Nicht verspielt, langsam, ganz langsam. Da, in unseren Fingerspitzen lag die Konzentration, das Zugeständnis, die Liebeserklärung, die Einsicht, sich gefunden zu haben.

Zum Abschied wusstest du nichts zu sagen, sahst mich an, wir umarmten uns, mein Kinn strich über deine weiche Pulloverschulter. Hellgraue Wolle, am Ausschnitt ribbelte ein Loch. Deine Hände lagen auf meinen Schulterblättern, dann darunter. Unsere Oberkörper drückten sich aneinander, schweißüberströmt, überzogen warst du, warm war es nicht, du warst aufgeregt, wusstest nichts zu sagen, hieltest mich nur fest, so fest und: «Ich bin glücklich!» Das war dein Flüstern. Ich konnte nur nicken. Heute wissen wir wieder nichts zu sagen.

Was ich mich nicht zu fragen traue: Stell dir vor, ich sterbe. Oder ich verlasse dich. Würdest du dich in beiden Fällen mit der gleichen Wehmut an mich, an uns zurückerinnern? Würdest du im Fall meines Todes anders über mich reden oder denken, als wenn ich dich wegen eines anderen Mannes verlassen würde? Was würdest du über mich sagen, unseren Kindern erzählen, wenn ich plötzlich sterben würde? «Sie war mein Licht?» So etwas sagt man dann vielleicht.

Papa sagt: «Natürlich habe ich meine Frau geliebt!» Er scheint sich selbst nicht zu glauben, bezweifelt, dass wir ihm glauben. Vielleicht hat er sie geliebt, er könnte jetzt sagen: «Sie war mein Licht!» Vielleicht würden Dr. Heller und ich ihm dann glauben. «Sie war mein Licht!» Was für eine Überraschung wäre das: «Sie war mein Licht!»

Als Dr. Heller die Tür hinter uns schließt, legt Papa wieder seinen Arm um meine Schultern. So gehen wir den langen Flur entlang, ins kühle Treppenhaus, für einen Augenblick würde ich gerne mit ihm ins Auto steigen. Später am Nachmittag würden wir zu Hause ankommen. Das Licht, wenn wir zur Tür hereinkämen, wäre orange. Der Parkettboden würde bis zur Terrassentür spiegeln, wir würden unsere Schuhe ausziehen, unsere Jacken aufhängen, es würde nach Garten duften, nach Leben, nach Liebe. Oder kühl? Wäre die Stimmung kühl, sodass ich mich im vorderen Zimmer gleich aufs Bett würde legen wollen? Hinlegen und die Augen schließen, schläfrig werden, wieder wegwollen.

Meine Knie geben nach, die Hand, die sich vor der letzten Stufe um das Geländer klammert, gehört nicht mir. Halt mich, Papa. Ich weiß nicht, wohin ich soll, wo ist mein Zuhause? Er stößt die Tür nach draußen auf, wir gehen, gehen, meine Hände schlackern, der weiße Kies unter unseren Füßen staubt, da, quer über den Parkplatz, unter den Bäumen steht das Auto. Er macht mir die Tür auf, ich muss mich setzen.

Du hältst die Kamera vor dein Gesicht. Nicht in meine Richtung, hinüber zum Splendid. Blaue Leuchtschrift im Abendlicht. SPLENDID. Die Luft ist sehr mild, und dir gefällt es hier, obwohl du nicht damit gerechnet hast. Den ganzen Tag siehst du durch den Sucher, suchst und suchst. Manchmal denke ich: Ich bin hier!, schlendere vor dir die Promenade entlang, sehe über den See, zurück zu meinen Füßen, dann wieder zu dir, dem Touristen. Noch eine Frage: «Hast du Angst, dass ich dich eines Tages verlassen könnte?» Als ich schon nicht mehr damit rechne, hältst du mich am Arm, schiebst mich rückwärts gegen die Kaimauer, hebst mich hoch, setzt mich auf die Mauer, drängst dich zwischen meine Beine. «Was würdest du machen, wenn ich dich jetzt ins Wasser schubse?» Du lachst, endlich gibt es auch ein Foto von mir.

Vor dem Kamin: Mein Vater erhebt sich mühsam von seinem Sessel. Zuerst schiebt er sich vor bis zur Sesselkante, dann stützt er sich mit durchgestreckten Armen von den knarrenden Lehnen ab. Mein Vater steht. «Ich gehe ins Bett!» Gleich habe ich ein schlechtes Gewissen, weil ich nicht mit ihm geredet habe. Morgen, auf der Rückfahrt, werde ich mit ihm reden, alles nachholen, was ich die letzten Tage versäumt habe. Reden, reden, reden. Er hätte mit mir reden können. Falsch. Ich muss mit ihm reden. Das war schon immer so. Ihm ein Gespräch anbieten, egal worüber.

«Gute Nacht.»
«Wann stehst du morgen auf?»
«So wie immer.»
«Weckst du mich?»
«Ja.»
«Gute Nacht.»

Still ist es, nur das Feuer, eigentlich ist es nur noch Glut, die im Kamin leise knackt. Ich lehne mich zurück und weiß nicht, woran ich mich erinnern soll. Vielleicht wiederhole ich den vergangenen Tag noch einmal in Gedanken, das wird schwer, leichter kann ich mich an weiter zurückliegende Ereignisse erinnern. Aber schon heute Morgen, da ist mein Kopf leer, hat nichts zu erzählen, ich muss mich konzentrieren, aber da ist nichts, ich nehme an, wir haben gefrühstückt, wahrscheinlich Milchsuppe, aber wie war das Wetter, was haben wir geredet? In meiner Vorstellung hat mein Vater grundsätzlich feuchte Augen. Und morgens, wenn er aus dem Badezimmer kommt, trägt er ein dunkelblaues T-Shirt und Shorts. Er riecht nach seiner Seife.

Obwohl er im Schatten der Bäume geparkt hat, Parkplätze unter Bäumen zu finden ist schon immer seine Spezialität gewesen, hat sich der Innenraum aufgeheizt. In dieser Hitze sitze ich, den Kopf zurückgelegt, die Haare schon fast auf der Hutablage, und habe das Gefühl, keine Luft zu bekommen, das liegt an den Beklemmungen in der Brust, ich atme ruhig. Papa hat alle Türen aufgemacht, sie stehen wie die Flügel eines Käfers ab. Er geht ums Auto herum, klopft auf die Sitzpolster, um die kleinen Krümel zu entfernen. Dann macht er sich am offenen Kofferraum zu schaffen, schiebt den kleinen Karton mit seinem dunkelgrünen Regenmantel und der Luftpumpe von rechts nach links, sortiert den blauen Notfallkasten, schiebt den kleinen Karton wieder zurück und schlägt die Kofferraumklappe zu. Danach prüft er den Fahrradträger auf dem Dach, ob alle Schrauben fest angezogen sind, Papa hat sein Fahrrad dabei. Er will noch die Gegend kennen lernen, vielleicht wieder im Wald übernachten. Das sagt er natürlich nicht, und vielleicht weiß nicht mal er selbst, dass er es vorhat, aber hinten im Auto hat er eine Plane liegen, und die wird er sich auf den Gepäckträger schnallen. Er hat keine Taschenlampe, nur das Vorderlicht am Fahrrad, und das leuchtet eben nur, wenn er fährt. Er wird so lange fahren, bis er eine geeignete Stelle findet, unter einem Baum, am Waldrand vermutlich, wo er die Plane ausbreitet und auf dem Rücken liegen bleibt. Ich verstehe dieses Vergnügen meines Vaters nicht, freiwillig im Wald zu übernachten. Das hat er schon einmal gemacht, war immer stolz darauf. Und wie die Nacktschnecken über die Folie gekrochen sind, das fand er gar nicht schlimm. Ich vermute, er hat es wieder vor. Heute Nacht, und darum soll ich raus aus dem Auto, wieder rein zu den Leuten, in die Klinik.

Da ist das Einschussloch im Kamin, im weißen Putz, ein tiefes, rundes, schwarzes Loch. In dem Moment, in dem sich der Schuss löste, muss sich sogar Herr Wallbrecht erschrocken haben. Zur gleichen Zeit stand meine Mutter in der Küche, zuckte zusammen, was hat sie gedacht? Sie trocknete sich die Hände ab, ging durch den Raum, leise, lauschend, sah aus dem Fenster über die Wiese, sah sie uns? Wenn nicht, machte sie sich Sorgen? Langsam ging sie auf die Tür zu, Herr Wallbrecht dahinter, aufgerichtet mit dem Gewehr in Händen, bereit, sich für den zugefügten Schrecken zu entschuldigen.

Oben auf dem Hochsitz hatte er Valerie die Bluse aufgeknöpft, sie angefasst, geküsst, «wie eine Frau». Valerie hatte keine Ahnung, was sie tun sollte, ob sie das wollte, was da kam. Später schrieb sie in ihr mit rosa Papier eingeschlagenes Notizbuch, in sauberer Schulschrift, in klaren Sätzen, ohne ein Wort durchzustreichen, was dort oben in dem Holzverschlag geschehen war. Das Buch, ich fand es, ich erinnere mich nicht mehr wo. Vielleicht hatte ich danach gesucht. Ich wollte lesen, was passiert war, ahnte schon etwas. Mama guckte komisch, wenn Herr Wallbrecht in meine Nähe kam. Er hätte mir nichts getan, ich war, wie ich heute annehme, nicht attraktiv für ihn. Valerie sah eben anders aus, so weiblich, so rund, so fröhlich sprang sie über die Wiese in Richtung See, bot sich an, sie anzufassen.

Jetzt der Schuss. Was dachte Mama? Ist meinen Kindern etwas passiert? Ich saß über Valeries Tagebuch gebeugt, erschrak beim Schuss, schlug das Buch zu, schob es unter Stoff und verschwand. Wo mein Bruder war, ich weiß es nicht. Vielleicht saß er neben Herrn Wallbrecht in der Diele und sah ihm beim Putzen des Gewehres zu. Mama griff nach seiner Hand, zog ihn raus.

Am nächsten Tag reisten wir ab, und Mama erzählte uns von Valerie, dem Hochsitz und Herrn Wallbrecht. Der Schuss.

Ich stelle mir vor, Herr Wallbrecht kommt zu mir in die Diele. Er setzt sich auf die Sessellehne, sieht mich an. Wir wissen nichts zu reden. Ich bin zu jung, er ist zu alt, beide im richtigen Alter, kurz etwas anzufangen, sich hinzugeben oder wie man das nennen würde. «Ich gebe mich hin.» Würde ich das denken, wenn er mich umfasste? Seine Hände liegen auf meinem Rücken, fahren an den Seiten hinunter, über meine Hüften, er drückt mich an sich, seine Lippen auf meinen Mund. Würde ich jetzt denken: «Ich gebe mich hin»? Ich würde es vermutlich denken, aber nicht fühlen. Was würde ich fühlen? Wahrscheinlich würde ich an dich denken. Du läufst mit einem Glas in der Hand durch unsere Wohnung, Schatten an der Wand. Morgen bin ich zurück, erst wenn ich dich sehe, glaube ich, dass es dich für mich noch gibt.

Papa beugt sich zu mir in den Wagen: «Ich muss los!» Ich hebe den Kopf leicht an, nicke. «Ja!» Dann richte ich mich ganz auf. Diese Beklemmungen. In meinem Brustkorb sticht es, als würden die Rippen in die Lunge bohren.

Einmal wachte ich nachts auf. Ich hatte Schmerzen in der Brust, konnte mich kaum bewegen, dachte: «Jetzt sterbe ich!» Ich schlich ins Nebenzimmer zu meinen Eltern, die schliefen fast auf der Erde, in ihrem niedrigen Bett. Aber Mama öffnete die Augen, sah mich im hellen Flur stehen, es war Sommer. Ein Lichtbalken, der schmal über ihrem Gesicht lag, weicher Teppichboden unter meinen Füßen. Ich trug ein Nachthemd mit lila Blümchen. «Mama, ich hab Schmerzen!» Sie schlug ihre Decke zurück, ließ mich neben sich liegen.

Ich krabble über den Rücksitz, extra linkisch, will schon wieder Grimassen schneiden, die Grimassen eines Kindes, damit ich mich verloren fühle. Das verlorene Kind. Oder: Das gestörte Kind. Oder: Das geniale Kind. Am liebsten würde ich sabbern, mit meinen Händen Pfötchen machen und zucken, zur Seite gucken, wanken. «Tschüs, Papa!» Er drückt mich an sich, schnell mache ich die Augen zu, um ganz weg zu sein, nicht irgendwo auf dem Parkplatz, blöde über Papas Schulter gucken, während er mich umarmt. Er lässt mich wieder los, meine Augen gehen auf und jetzt schwanke ich, schwanke, schwanke. Ich schwanke! «Mach's gut!» Er lässt mich stehen, setzt sich ans Lenkrad, zieht die Tür zu. Mir bleibt nur der Schritt zurück, ich presse die Lippen aufeinander. Da fährt es, mein Zuhause, Papa fährt zurück zum orangenen Licht, zum Wohnzimmer, zum Sofa, da lag ich! Ich hörte eure Stimmen, fühlte eure Knie in meiner Seite, als ihr euch zu mir setztet. Eure kühlen Hände streiften über meine Wange, meine Stirn, eure Münder so dicht an meinem Ohr. Später hieltet ihr euch in der Küche eng umschlungen, im hellen Schein des Neonlichtes.

Oben im Zimmer probiere ich Abführmittel. Zwei, drei, vier braune Kapseln schlucke ich mit etwas Wasser runter. Dann lege ich mich hin, Monika ist nicht da, ihre Nagelfeile liegt auf dem Nachttischchen, daneben ihre große Brille, ein Buch, ein Foto von ihrer Familie. Alle sehen aus wie Monika. Gestern war ihre Mutter da, hat angeboten, unsere Wäsche mit nach Hause zu nehmen. Anfang nächster Woche bekommen wir sie gewaschen wieder. Monikas Eltern wohnen in der Nähe, und eigentlich wollen sie viel öfter kommen, aber sie dürfen nicht, weil Monika Abstand braucht. Monika braucht Hirn, denke ich. Ihr Problem ist zu wenig Hirn, warum merkt das keiner außer mir? Als ihre Mutter mit der Wäsche wiederkommt, ist sie zum Glück nicht sortiert, alles in eine Plastiktüte gestopft. Monika kippt die Wäsche zwischen unseren Betten auf dem Teppichboden aus und sortiert mit ihren Männerhänden. Monika braucht neue Hände, schrecklich große Hände hat sie, damit könnte sie mich erwürgen. Da kann sie lange an ihren Nägeln feilen, die Finger werden bleiben. Männerfinger sortieren meine Wäsche auf dem Teppichboden. Und ich bin voller Hass.

Am Sonntagmorgen kommt Mama ins Kinderzimmer. «Wir fahren weg!» Auf die Frage: «Wohin denn?», bekommen wir keine Antwort. Sie schiebt uns in den Windfang, hängt uns unsere Jacken über, setzt uns Mützen auf. Das alles geht sehr schnell. Papa steht im Flur, hebt die Hände. Als ich mich umdrehe, reißt Mama die Haustür auf, wie auf Schienen geht es hinaus, mein Bruder auf ihrem Arm, zwei Taschen in der freien Hand. Am Straßenrand wartet ein Taxi. «Jetzt komm!» Wir rennen, und ich halte mich an einer Tasche fest.

Das Taxometer tickt wie eine Uhr, also habe ich das Gefühl: Ich warte. Ich sitze hinten neben meinem Bruder, und wir warten, bis wir ankommen. Es ist kein Ankommen. Es ist ein hastiges Aussteigen, die Taschen aus dem Kofferraum nehmen, die uns der Taxifahrer geben will. Aber wir sind schneller. Sie mag nicht, wenn die Taxifahrer unsere Taschen anfassen und auf den Gehweg stellen.

Als wir wieder nach Hause kommen, ist das Treppengeländer verschwunden. Nur die nackten Stufen, die in den ersten Stock führen, sind stehen geblieben. Papa nimmt uns die Taschen ab, stellt sie im Flur an die Wand. «Wo ist das Treppengeländer?», fragt Mama.

Papa ist weg, fährt mit seinem Fahrrad auf dem Dach über die Autobahn, grauer Asphalt, blaue Stunde. Rechts und links Felder, am Horizont vielleicht Windräder. Kein anderes Auto in Sicht. Es geht geradeaus, Papa hinterm Lenkrad, die Arme im grauen Wollpullover durchgestreckt. Er sieht nach vorne. Vor ihm liegt die verlassene Straße, unterbrochener Mittelstreifen, Leitplanken, im Rückspiegel ist weiter nichts zu sehen. Papa, ich schwebe über dir, im Auto duftet es nach frischem Brot. Vor uns liegt der dunkle Wald, hinter uns geht die Sonne unter, jetzt geht es in den Wald hinein, über uns ein schmaler Streifen Himmel. Gerne saß ich hinten im Auto, ihr um mich herum, die Stirn an der kühlen Fensterscheibe, schloss ich die Augen, hörte euch leise reden, deine Jacke lag ausgebreitet über mir, Klaviermusik. Im Wald. Dunkel war es, und ich stellte mir vor, wie es sein würde, hier in einem Zelt oder in einer kleinen Reisighütte zu leben. Gemütlich, dachte ich, gemütlich würde es sein.

Monika stört mich. Plötzlich steht sie mitten im abgedunkelten Zimmer. Ich habe die Vorhänge zugezogen, es schadet nichts, wenn sie denkt, dass ich schlafe. Darum legt sie sich nackt in ihr Bett. In mir klumpt sich alles zusammen. Alles, alles, was in mir ist, klumpt sich zusammen, wenn Monika in der Nähe ist und atmet. Sie sagt nicht viel, trotzdem will ich sie schlagen, treten, ihr aufdringlicher Atem reicht, dass ich sie aus dem Bett zerren will. Ich hasse ihre Hände, und jetzt, als ich auf der Seite liegend die Augen etwas öffne, ahne ich, was sie damit unter der Bettdecke macht, werde gezwungen auszuhalten, still zu sein, ich will raus, bis sie fertig ist.

Wohin fährst du, wenn nichts vor dir liegt als die Straße? Vor dir liegt immer die Straße, und immer stehe ich hinter dir. Manchmal versuche ich zu rufen, aber meine Stimme kommt niemals an, du drehst dich nicht um, der Blick geht nach vorne, vor dir liegt die Straße, wohin fährst du, wenn es um dich herum langsam dunkler und dann wieder heller wird?

Herr Wallbrecht klopft gegen die große Fensterscheibe. Nur bei genauerem Hinsehen kann ich ihn in der Dunkelheit erkennen. Er winkt, sehr dicht steht er an der Scheibe. Ich winke zurück, aber er bleibt stehen. Also öffne ich ihm die Terrassentür, damit er zu mir kommen kann. Zu mir, denke ich, als ich vom Sessel aufstehe, mich zu erinnern versuche, was ich trage, eine Bluse, zerknittert, eine Hose, ebenfalls zerknittert. Zu mir, denke ich, als ich ihm durch den lang gezogenen Raum entgegengehe. Natürlich beobachtet er mich durch die Scheibe, im Schutz der Scheibe, genau kann ich nicht sehen, wohin er sieht, natürlich zu mir, den Türgriff im Visier, strecke ich meine Hand aus. Zu mir, denke ich, als die kühle Abendluft über mein Gesicht, durch den dünnen Stoff der Bluse, unten in die Hosenbeine zieht.

«Lauf so schnell du kannst!» Mama schubste mich in die Richtung, in der sie den Strand vermutete. Da war ich und wartete. Hinter mir blieben Leute stehen, sahen hinaus aufs Meer, eben noch stand ich am Strand, jetzt stand ich im Wasser, kleine Strudel um meine Knöchel, kaltes Wasser schwappte gegen meine Schienbeine, der Sand unter meinen Füßen verschwand, nur noch Wasser, immer mehr Wasser, bis zu den Knien. Jemand griff nach meiner Hand: «Komm da raus.» Da raus, da drin war meine Familie, hier stand ich allein, wurde weggezogen in Richtung Land. Da, wo die anderen standen, sollte ich stehen, mit ihnen aufs Meer hinaussehen. Ich sah nichts.

Auf den Dünen, hinter mir, neben mir bunte Windjacken, die sich im Wind blähten, fliegende Haare. Mamas Hand auf meinem Rücken: «Lauf so schnell du kannst.» Ihr Gesicht, ihre Stimme, da war sie, schon wieder weg. Mama, sagte ich. Mama. Mama. Mama.

«Wo sind deine Eltern?» Herr Wallbrecht steht vor mir. Ich habe ihn hereingelassen. Ich trete einen Schritt zurück, mache ihm Platz, schließlich gehört das alles ihm, wir sind nur Gäste, er darf überall sein, darf bestimmen, was wir machen, mittags sollen mein Bruder und ich zwei Stunden leise sein. «Die Natur braucht Ruhe», sagt Herr Wallbrecht.

Ich brauche Ruhe. Ich will schlafen, mich zusammenrollen, die Decke über mich ziehen, sie riecht wie früher, weißt du noch, als wir auf der Bettkante saßen? Die Hand meines Bruders lag auf meinem Knie, komisch war das, deine Hand dort liegen zu sehen, mit deinem Mittelfinger konntest du seltsame Dinge tun. Manchmal sagte ich: «Mach das nochmal.» Dein kleiner Finger hüpfte auf und nieder wie an einem Gummiband. Kleine, klopfende Fingerkuppe auf meinem Knie. Weißt du es noch? Siehst du deinen Finger hüpfen, da auf meinem Knie? Eng zusammen saßen wir hier, die Decke um uns gelegt, die Köpfe eingezogen, haben wir verstanden, was vor sich ging?

Ich habe dir nie gesagt, wie es damals war.

Du hast mich nicht gefragt. Fragst jetzt nicht. Hast du Angst? Fühl mal, wie ich zittre. Hast du Angst, wenn Frauen zittern?

Als wir mit dem Auto über den staubigen Kiesweg fahren, streifen herunterhängende Äste über die Windschutzscheibe, Lichtreflexe blenden uns für Sekunden, wechseln sich mit rollenden, schmalen Schatten ab, verschwinden für immer. Herr Wallbrecht winkt zum Abschied, ich sehe hinunter auf meine Hände, in meinem Schoß. Sie sind ineinander verkrampft, klein, sehr klein, sehr mädchenhaft. Sie sind mit mir nicht mitgewachsen.

«Er hat sie wohl angefasst», sagt Mama. Sie zieht ihr linkes Hosenbein hoch, schräg hinter ihr sitzend kann ich ihr nacktes Knie sehen, darunter der rote Mückenstich, den sie mit glasigem Gelee aus der Tube einreibt. Dann geht ihre Hand tiefer, in Richtung Knöchel. Neben mir sitzt mein Bruder, angeschnallt, sieht aus dem Fenster, sein Mittelfinger hüpft auf seinem Oberschenkel. Ich lege meine flache Hand dazwischen, jetzt guckt mein Bruder zu mir. Herr Wallbrecht verschwindet hinter uns und mit ihm der Kuhstall, der See, das Mädchen.

«Haben Sie je darüber geredet?», fragt Dr. Heller.
«Nicht direkt», sagt Papa.

Ich ziehe meine Grimassen. Antworten will ich nicht, meine Grimassen sagen alles, denke ich. Draußen im Gang höre ich jemanden rufen, Türen schlagen. Für einen Moment stehe ich draußen im Gang, sehe nach, wer ruft, überlege hier drinnen, wer gerufen haben könnte. Nach mir wurde nicht gerufen, sowieso habe ich eigentlich nichts verstanden, da war nur diese Stimme, die etwas wollte. Jetzt ist es wieder still, jetzt bin ich wieder hier, im stillen Zimmer, bei den beiden Männern. Zwei Männer, Papa und Dr. Heller. Ich fasse niemanden an, niemand fasst mich an, mir ist nur die Möglichkeit bewusst, die Tatsache, dass Männer und Frauen sich anfassen, speziell Männer Mädchen anfassen, gerne anfassen. Würde mich Dr. Heller küssen? Ich glaube ja. Hier in seinem Zimmer? Nein! Aber die Vorstellung ist schön, besonders weil Dr. Heller verheiratet ist. Ich will nichts zerstören. Mir wäre es lieb, niemand würde davon erfahren. Nur für mich und Dr. Heller wäre es wichtig zu wissen, dass er mich mehr begehrt als seine Frau.

«Möchtest du darüber reden?»

Dr. Heller und ich in seinem Zimmer, durch die silbrige Jalousie rutschen Sonnenstrahlen, werfen hier auf seinen polierten, leeren Schreibtisch Schatten. Da liegt meine Hand. Da ist mein Bein, mein hochgerutschter Rock. Da ist ein Bild von Dr. Heller und mir, doch, natürlich in seinem Zimmer, in meinem geht es nicht, da ist Monika. Hier wären wir ungestört, könnten uns küssen.

Dr. Heller: «Möchtest du darüber reden?»
Ich: «Worüber?»

Das frage ich, weil niemand weiß, an welchem Punkt angesetzt werden kann oder soll: Im Watt, am Strand, Papas Rückkehr aus dem Meer.

Seine atemlos hervorgestoßenen Worte: Sie kommen nicht mehr wieder.

Am Abend sahen wir im Fernsehen: «Der große Blonde mit dem schwarzen Schuh.» Über der Sofalehne lag Mamas Wollpullover, draußen auf der Veranda standen die Sandalen meines Bruders.

Wie wird es sein, ohne sie nach Hause zu kommen? Papa wird die Haustür aufschließen, ich werde im Auto sitzen bleiben, warten, bis er den Kofferraum öffnet, die Klappe nach oben geht und stehen bleibt. Die Nachbarn von rechts werden mit ihrem zotteligen Hund vorbeigehen, gucken. Alles ist wie vor den Ferien, aber der Boden, das Pflaster gibt nach, nichts ist mehr so wie früher und doch ist alles gleich. Sommerliche Abendluft, blauer Schimmer, Amseln zwitschern in der Felsenbirne. Papa grüßt, schließt die Haustür auf, tritt ein in das dunkle Haus, zum Garten hin wird es heller, am Ende des Flures liegt das Wohnzimmer, dort ist noch Tag. Im Windfang riecht es schon nach Mama. Hinter der Tür stehen die Halbschuhe meines Bruders. Jetzt muss ich aussteigen, mit Papa gehen, ihn begleiten. Wird er mir anbieten, heute, ausnahmsweise, im Ehebett zu übernachten?

«Haben Sie je darüber geredet?»
«Nicht direkt.»

Endlich darf ich hinten im Auto sitzen, unter den Reifen knirscht der Kies, am Rand des Parkplatzes steht Esther in schwarzen kurzen Hosen, sie hat O-Beine, in kurzen Hosen fällt das besonders auf. Wenigstens hat sie Beine, denke ich. Esther hat die Arme vor der Brust verschränkt. Ihr Oberkörper steckt bis zu den Knien in einem weiten geringelten T-Shirt, fast sieht es so aus, als hätte sie nichts drunter. Langsam fährt Papa an ihr vorbei. Sie hebt einen Arm, der andere bleibt waagerecht vor der Brust liegen, mit der Hand umfasst sie den Ellenbogen ihres winkenden Armes. Sie lächelt und ich weiß, dass sie gleich in ihrem Zimmer weinen wird. Obwohl es sehr warm ist, kurble ich das Fenster nicht herunter, nichts soll von draußen ins Auto gelangen. Ein Teil von mir bleibt bei Esther, obwohl ich ihn mitnehme. Eine Art Schnittmenge, die ich mit ihr teilen muss. Und das tut weh.

Von der Straße aus können wir den See sehen, weiße kleine Segelboote, am Ufer Bäume, dahinter Radfahrer, Spaziergänger, alles im grellen Licht, die Wasseroberfläche glitzert, die Möwen bilden weiße Lichtreflexe. Ich sehe uns, Esther und mich, wie wir davor entlangspazieren und erinnere mich, wie ich mit meiner Stimme kämpfe, bis wir eine freie Bank gefunden haben.

Zum Abschied gibt mir Dr. Heller die Hand. In der Tür, zwischen Zimmer und Flur. Ich weiß, auch ihn sehe ich nie wieder. Vielleicht denke ich noch einmal an ihn, zum Trost, im Auto, auf der Rückfahrt, wenn es draußen beginnt zu dämmern. Ich will denken: Dr. Heller hat keine Angst.

Wenn es warm draußen ist, wenn es Nachmittag ist, wenn du, mein Bruder, ausgeschlafen hast, zieht dich Mama flüsternd aus dem Bett, auf ihren Schoß. Dein Körper ist noch schläfrig, sie drückt dich an sich, im dunklen Kinderzimmer. Du sitzt, halb liegst du noch, fast wie ein Ertrunkener, dein Kopf an ihrer Brust, du blinzelst. Mein Bruder, jetzt öffnest du die Augen.

Später spielen wir im Garten. Du fährst auf deinem kleinen gelben Plastiktrecker, füllst abgerupftes Gras in den Tank und dazu Wasser aus dem Schlauch.

Weiter geht meine Erinnerung nicht, wahrscheinlich, weil es keine Fotos als Beweis für diese Nachmittage gibt. Bestimmt stand Mama in der offenen Terrassentür, sah zu uns herüber und lächelte, wenn wir sie bemerkten.

«Kommst du?»

Papa hatte die Seitentür geöffnet, kühle Luft am Hals, auf der Wange, ich bin noch immer angeschnallt, die Hände als Fingerknäuel zwischen die Oberschenkel geklemmt, die Knie zittern, die Beine auch. Papa beugt sich zu mir, über mich, schnallt mich ab, führt den Gurt langsam an meiner Schulter vorbei nach hinten, lässt ihn durch seine trockene Hand gleiten.

«Na, komm.»

Er streckt mir die Hand entgegen, greift nach meiner, als ich mich nicht rühre. Schließlich hebt er mich aus dem Sitz, trägt mich die Stufen hinauf, wie immer wackelt die unterste. Im Windfang riecht es nach Mama, Papa fädelt mich durch die Türen, nach rechts ins Zimmer meines

Bruders, auf sein Bett. Mit der Überdecke deckt er mich zu, geht zum Fenster und kippt es mit ausgestreckten Armen an. In der Felsenbirne davor hüpfen die Amseln durch das dichte Geäst. «Papa», flüstere ich. «Papa, mach das Fenster wieder zu.»

Wie lange wirst du noch da sein? Soll ich für dich sehen, gehen, Türen öffnen? Komm her, mein kleiner Bruder, leg dich neben mich. Mach die Augen zu. Hörst du die Amseln? Wir sind zu Hause.

Ich decke dich zu. Erinnerst du dich noch, woher wir gekommen sind? Erinnerst du dich an das Meer, die Möwen, den Wind, die Luft, den Sand? Erinnerst du dich, wie schön diese Ferien waren? Die Felder waren golden! Wir radelten den schmalen Weg entlang. Auf der einen Seite der Wald, auf der anderen die Felder, bis zum Deich konnten wir sehen. Die Grillen zirpten leise, Gewitterfliegen blieben vorne an unseren Kapuzenpullovern hängen. Jetzt sind wir wieder hier. Lass uns warten. Mama macht das Abendessen, Papa trägt die Koffer nach oben. Er wäscht sich die Hände. Im Garten wird der Tisch gedeckt. Heute dürfen wir liegen und warten. Komm, lass uns auf den Rücken drehen, dicht an dicht. Lass uns an die Decke gucken, in alle Ecken. Erinnerst du dich? Hier ist dein Bett.

Wahrscheinlich sitzt Monika immer noch in unserem Zimmer und wartet, dass ich mich verabschieden komme. Da kann sie lange warten, bestimmt feilt sie sich die Nägel, feiner weißer Nagelstaub rieselt auf ihre riesigen Badelatschenfüße. Mein Bett ist frei für die Nächste, die Hilfe braucht. Da ist sie bei Monika genau an der richtigen Adresse.

«Möchtest du Radio hören?»

Papa greift neben seinen Sitz und dreht an den Knöpfen herum. Als jemand «Klassikradio» sagt, zieht er seine Hand zurück, legt sie auf dem Lenkrad ab.

Gleich am ersten Tag, als ich meine Sachen in den Schrank neben ihrem räume, erzählt mir Monika alles. Sie ist in einem Hallenbad Schwimmmeisterin. Sie hat einen Bruder und eine Schwester. Und sie weiß nicht, warum sie sich immer übergeben muss. Sie nimmt Abführmittel. Und sie feilt sich die Nägel. Den ganzen Tag, und sie raucht. Gerne auch auf unserem Balkon, obwohl man das nicht darf. Monika weiß nicht, warum sie hier ist. «Eigentlich geht es mir gut.» Nur zu dick fühlt sie sich, aber jetzt ist sie schon dünner als vor ein paar Wochen, ein bisschen muss noch runter, aber an der Größe ihrer Hände, ihrer Füße wird das nichts ändern. Die Ärzte sagen was von «Krankheit». Monika weiß nicht, was sie meinen. Die Ärzte sagen, sie sei «pschychisch krank». Nicht mal das Wort «psychisch» kann sie aussprechen. So dumm ist sie. Dumme Leute, so meinen Esther und ich, können nicht psychisch krank werden. Dazu fehlt es ihnen an Hirn.

«Sie sollten darüber reden.»

Dr. Heller ist aufgestanden, sein weißer Kittel klafft, darunter ein blau-weiß kariertes Hemd, graue Hose. Dr. Heller ist schlank, die Mädchen sagen: «In seiner Freizeit spielt er Golf.» Schnell steht auch Papa auf, ich bleibe sitzen, beobachte, wie sich die beiden in der Mitte unseres kleinen Sitzkreises die Hand geben, an der Tür noch einmal, als Papa und ich uns endgültig verabschieden. Zum letzten Mal sehe ich in Dr. Hellers Zimmer, hier wird er bleiben, ich werde gehen, dieser Teil meines Lebens ist vorbei, hier drinnen bleibt ein Stück von mir, der Raum wird es speichern, die Frage ist: Für wie lange? Was macht dieses Teil ohne mich? Es ist mein Kind. Werde ich es vermissen, werde ich an es denken, und wer wird es pflegen?

Heute Nacht rückt Papa einen Stuhl neben das Bett meines Bruders. Heute Nacht bleibt er auf diesem Stuhl sitzen.

Ich liege. Kurz hält er meine Hand, streicht über meine Stirn, greift nach meiner Schulter, faltet zum Schluss die Hände im Schoß. Gerade, den Rücken an die Stuhllehne gepresst, sitzt er da, starrt im Dämmerlicht in Richtung Zimmertür mit den Aufklebern. Ich liege auf der Seite, sehe gegen Papas Oberschenkel, seine Handgelenke.

Am Sonntag gibt es gedeckten Apfelkuchen. Dafür reibt Mama Äpfel, mischt sie mit Rosinen und Mandelsplittern, versteckt das Ganze unter einer dünnen Teigdecke. Beim Zudecken helfe ich ihr, damit der ausgerollte Teig nicht reißt. Ganz vorsichtig, dann in den Ofen. Nach dem Backen kommt von mir angerührter Zuckerguss mit Rum darüber.

In der Nacht beginnt das Mittel zu wirken. Kalter Schweiß steht mir auf der Stirn, ich fange an zu zittern. Monika hat mir nichts von Nebenwirkungen gesagt. Schreckliche Schmerzen sind das. Hinsetzen, hinstellen bringt auch nichts. Monika liegt auf dem Bauch und schläft. Nur ihre dunklen Haare liegen auf dem Kissen, der Rest unter der Decke und da unten, am Ende, ihre großen Füße. Im Halbdunkeln taste ich mich an meinem Bett entlang ins Badezimmer. Das Licht lasse ich ausgeschaltet, lege mich auf den Duschvorleger. Schreckliche Schmerzen sind das. Ruhig atmen!, sage ich mir. Nur ruhig atmen! Dann geht es vorbei. Alles geht vorbei. Es ist nur eine Frage der Zeit. Das denke ich mir. Trotzdem bekomme ich Angst und dieses Gefühl, das ich gut kenne.

Ich kam von weither, zurück an die Oberfläche, über mir die wogenden Äste der Akazie, blätterbepackt, die schwarze Pergola, die verrosteten Haken, an der meine Schaukel hing.

Am Morgen regnet es. Papa hat Mamas Wollpullover über mich gedeckt, mein Kopf liegt auf seinem Schoß, seine Arme um mich, seine Beine ausgestreckt auf dem Sofatisch. Er atmet ruhig und tief, vorsichtig richte ich mich auf, sein Arm geht langsam mit, rutscht ab, seine Hand bleibt neben seinem Oberschenkel auf dem groben Bezug des Sofas liegen. Draußen regnet es, im Ferienhaus ist es dämmrig, wie an einem Herbstnachmittag. Die Türen zu dem Eltern- und dem Kinderschlafzimmer stehen offen. Die Betten sind aufgeschlagen, über die quadratischen Fensterscheiben rinnt Wasser. Im Bett meines Bruders liegt ein blauer Schlafanzug, eine kleine blaue Puppe. «Damit hat Sophie schon gespielt.»

Am Nachmittag stehen unsere Nachbarn in Sommerkleidern im Schatten der Akazie. Mama tritt über die Schwelle hinaus in den Garten. Auf ihrem Arm mein Bruder. Hände streichen über seinen Kopf. Anfassen, halten wollen sie ihn.

Wie ein grüner, samtiger Teppich liegt das Dünengras um das Haus herum, glänzt, zittert im Wind. Ich lehne mich gegen das kühle Glas, mein Atem bleibt neblig darauf liegen, und draußen auf der Veranda stehen die Sandalen meines Bruders und werden nass.

«Was machst du da drinnen?»

Von außen klopft Monika an die Tür, drückt die Klinke runter. Klick-klick. Klick-klick. Jetzt schneller rauf und runter. Hier drinnen ist es dunkel, kein Fenster, unter der Badezimmertür ein schmaler Streifen, ich nehme an, schon wieder Tageslicht.

«Soll ich jemanden holen?»

Die Nacht habe ich auf dem Duschvorleger verbracht. Es ist vorbei. Ich bin wach.

Über die Dünen kommen sie, Hand in Hand, zwei bunte Punkte, aus Richtung Meer. Kommen näher, die Haare liegen nass um ihre Köpfe, der Regen hat sie überrascht, die Kleidung klebt an ihren Körpern. Für einen Moment verschwinden sie hinter der letzten Düne, da sind sie wieder, kommen herauf, winken mir zu. Papa und ich halten Handtücher bereit, als sie auf der Veranda ihre Gummistiefel von den Beinen schütteln. Drinnen breitet mein Bruder auf dem Teppich seine Schätze aus: bunte, abgeschliffene Glasscherben, Muschelschalen, ein getrocknetes Rochenei. Gleichzeitig versucht Mama, ihm den Trainingsanzug überzuziehen.

Du fragst mich: «Was würdest du tun, wenn du plötzlich eine Hand aus dem Wasser ragen siehst?»

Oder: «Wie beschreibst du den Weg zurück?»

Ich frage mich: Was hätte ich getan, hätte sich dieser Augenblick des Erkennens wiederholt? Meine Mutter und mein Bruder kommen über die Dünen, winken mir zu. Papa schläft hinter mir auf dem Sofa. Hätte ich ihnen die Tür geöffnet, sie hereingelassen, Handtücher geholt?

«Woher kommt ihr?»
«Aus dem Meer.»

Papa braucht lange, um wach zu werden. Eine Zeit lang zwinkert er, hebt seine Hand, lässt sie wieder sinken, lässt sich sinken, lässt mich allein. Vorsichtig rüttle ich an seinem Arm. Noch stehe ich neben ihm, dann, als nichts passiert, sitze ich, lehne mich an ihn, sein warmer Geruch, meine Wange auf seiner Schulter.

«Papa.»

Zum Schluss liegen seine Arme wieder um mich, liegt mein Kopf auf seinem Schoß. Zum Schluss ist wieder Nacht, und bis zum Morgen bleiben wir sitzen. Papas Beine ausgestreckt auf dem Sofatisch, meine angezogen auf dem Sofa, und Mamas Wollpullover als Decke über mir.

«Bist du müde?»

Auf dem nächsten Rastplatz halten wir an, tauschen wortlos die Plätze, am Kofferraum kreuzen sich unsere

Wege, jeder geht in seine Richtung, setzt sich auf den Platz des anderen, dann müssen Hebel gezogen, Beine gestreckt, angewinkelt, Sitze auf Schienen zurechtgeruckelt werden.

Die letzte Stunde fahre ich.

«Papa.»

Ich greife nach seiner Hand. «Wir sind da.» Fremde Hand, Papas Hand, kühl und trocken. Wenn jemand neben einem im Auto schläft, geht das Aussteigen leichter, man hat etwas zu tun. Die Taschen ins Haus tragen, Licht anschalten, Tee machen. Man hat einen Plan, ein Plan ist immer gut, er sieht vor, was getan werden muss, man weiß, was zu tun ist, ist eingespannt. In dieser Zeit hofft man, dass man ungestört im Rhythmus bleiben kann. Es ist erst früher Nachmittag, die Nachbarn könnten Papa beim Müllraustragen im Auto schlafen sehen. Mir ist das egal; ich weiß nicht, was mit Papa ist. Ich lasse ihn schlafen, steige aus, gehe um das Auto herum, die Stufen hinauf zur Haustür. Ich wecke ihn, wenn alles getan ist, überrasche ihn damit, dass er alles verschlafen hat.

Die Frage: «Wie lange habe ich geschlafen?.»

Selten fragt man sich: «Wie lange war ich wach?» Ist es die Sorge, irgendwann ganze Tage zu verschlafen? Die

Sorge, nicht mehr geweckt zu werden, die Sorge, nicht mehr wach werden zu können. Die Sorge, dass nichts mehr so ist wie vor dem Einschlafen. Oder: Verwirrung darüber, dass doch nicht alles nur ein böser Traum war.

Am nächsten Morgen war das Wetter wieder klar, ein leichter Wind kämmte das Dünengras, darüber schöner Himmel, sichtbar vom Sofa aus, auf dem wir aufgerichtet saßen. Still war es hier drinnen, hier war Platz für die erinnerten Stimmen, in Schichten lagen die gesprochenen Worte, Laute, Töne, dann ein farbiges Auftauchen aus der Küche, dem Bad, den Schlafzimmern, ein Gesicht, ein Körper, gut konnten wir uns erinnern, wie sie gingen, sich beugten, hockten, setzten. Wir sahen ihnen zu. Da war die Frage, was man heute macht. «Hinunter zum Meer?» Augenblicke später wurde eine Mütze vermisst. Dann die Bitte, Sonnenmilch zu holen, Handtücher zusammenzulegen. Ausgeschlafen, munter waren sie, glitten hin und her, aufgeregt war mein Bruder, es ging zum Strand, an diesem Morgen wollte er den Drachen steigen lassen.

Mein Vater und ich wurden unruhig, als Mama und mein Bruder wieder verblassten, leiser wurden. Plötzlich war es still, nur wir saßen steif auf der Sofakante und warteten vergebens darauf, dass sie zurückkommen würden.

Du hast mich nie gefragt, wie es damals war.

Schön war es gestern, an diesem Nachmittag neben dir zu sitzen, auf der schmalen Bank, dem Bänkchen, eigentlich war es nur ein schmales, rohes Brett, wenig Platz für uns zwei, aber er reichte, dieser Platz in diesem kleinen Verschlag mit dem Fenster zur Lichtung. Später, als wir den Hochsitz wechselten, ging der Blick auf ein freies, trockenes Feld hinaus. Schulter an Schulter, bewegt haben wir uns nicht, du hast geflüstert: «Schau!». Oder: «Sieh!» Mit dem Finger hast du die Richtung angegeben, mir das Fernglas hingehalten. «Sieh! Da! Siehst du's?» Ich sah und fühlte, deine Hand auf meinem Rücken, langsam strich sie, ganz leicht von oben nach unten und wieder nach oben, lange Zeit. Mehr nicht. Das war es; dann ein Warten. Ich wollte mehr davon. Das war wohl auch, was ich dachte. Später die Verwunderung über den Gedanken: «Mehr davon.» Was hieß das überhaupt? Über uns Blätterrauschen, ein Frösteln, dein Arm um meine Schulter. Gelb war der Nachmittag. So saßen wir noch lange, bis du mich endlich an dich zogst, deine Lippen auf meiner Stirn. Ich wollte dich so gerne küssen.

Hinterher redete er sehr viel, das sage ich später, als Mama mich danach fragt. «Er redete sehr viel», sage ich und meine damit: «Er war aufgeregt.» Um uns herum war es schwarz, nur das Licht der Scheinwerfer tauchte den Weg vor uns in ein dumpfes, staubiges Weiß, tief hängende Äste schlugen gegen die Scheiben, das Dach. Um die Schlaglöcher besser sehen zu können, hatte sich Herr Wallbrecht nach vorne gebeugt, und ich schaukelte neben ihm hin und her, über meinen nackten Knien eine raue Pferdedecke.

Die Taschen lasse ich an der Wand im Flur stehen, über das Parkett gehe ich den kühlen Flur hinunter in Richtung Garten. Das Licht der untergehenden Sonne. Kleine verwelkte Blätter auf dem Rasen, dem rot gepflasterten Weg. Gerne würde ich dir das alles zeigen, wenn du wieder deinen Arm um mich legst, die Wolle deines Ärmels über meine Wange reibt. «Sieh doch nur.» Ich weiß, dass es dir gefallen würde. Das ist, was wir teilen wollen: diesen Garten.

«Liebst du mich?»

Natürlich haben wir das nicht besprochen. Es ging lediglich darum, tief einzuatmen, zu sehen, was es zu sehen gab, das trockene gelbe Feld, oben auf dem Hochsitz saßen wir und schauten auf das, was vor uns lag, ein Atemzug, ein Bild. Das war es, was uns zusammengeführt hatte, dort auf der schmalen Bank.

Gestern war das. Am Nachmittag. Jetzt suche ich dich im Wohnzimmer, in den Ecken, gehe hinüber in die Küche, Wasser für den Tee in den Boiler steigen lassen. Siehst du mir von dort hinten zu? Kannst du dir vorstellen, mich zu küssen, mich immer wieder zu küssen, alter Mann? Jetzt würdest du lachen, mich an dich ziehen, dein Kinn auf meinen Scheitel legen. Lächeln würden wir beide, uns später mit den Teeschalen auf das Sofa setzen, die kleine Klemmlampe am Bücherregal anknipsen, die Akazie lässt so wenig Licht ins Zimmer.

Damals hatte mich Herr Wallbrecht darum gebeten, es für mich zu behalten. «Kannst du es für dich behalten?», fragte er mich, bevor wir die Hochsitzleiter hinunterstiegen. Ich nickte, wusste, Mama sucht nach mir, wusste nicht, was das eben war, meine Hände auf der fasrigen Sprosse, knisterndes Laub unter meinen Füßen, als ich den Boden berührte. Schwer lag die Dunkelheit um uns herum, hing zwischen den Ästen, Herr Wallbrecht nahm mich bei der Hand, zog mich mit sich, knipste die Taschenlampe an. Wir stolperten über Wurzeln, über Äste. «Komm!» Er zog mich mit sich, und mir war kalt. «Behalt es für dich!», sagte er, als wir ins Auto stiegen, er die Decke über meine Knie breitete. «Kannst du es für dich behalten?»

Später sage ich: «Ich wollte das nicht.» Mama sitzt auf meiner Bettkante, die Handflächen zwischen den Oberschenkeln, den Oberkörper nach vorne gebeugt. Im T-Shirt liege ich auf der Seite unter der Decke, im blendenden Licht der Nachttischlampe, und mein Bruder soll sich die Zähne putzen gehen, obwohl es viel zu spät dafür ist und er schon über uns in seinem Bett schläft. Das ist egal, meine Mutter will ihn aus dem Zimmer kriegen.

Das war der letzte Abend bei Herrn Wallbrecht. Danach kommen wir nicht mehr wieder.

«Ich wollte es nicht erzählen», sage ich, als das Wasser im Boiler zu kochen beginnt.

«Ich wollte wiederkommen», sagte ich, als wir die Hochsitzleiter hinunterstiegen. Noch einmal, als du winkend hinter der Terrassentür standest, ich dich in die Diele ließ. Deine Hände glitten über den dünnen Stoff der Bluse. Dein Gesicht kam näher, du kamst näher, nah waren wir uns, als wir uns küssten.

«Er hat sie angefasst», sagt Mama und sieht zu Papa hinüber, als er die Spur wechselt, Gas gibt.

Und ich sah das glitzernde Meer links hinter meinem Fenster, die Möwen, die gelben Felder, die Sonne.

Als ich die Augen öffne, stehen wir. «Was ist?» Ich richte mich auf. «Psst», sagt Papa. Im Radio kommen Verkehrsnachrichten. Nach einiger Zeit dreht er das Radio aus. «Dr. Heller sagt, wir sollen darüber reden.» Ich nicke, schließe wieder die Augen, aber ich bleibe wach. Sehr wach. «Möchtest du darüber reden?» Als hätte ich etwas verbrochen. «Ist mir egal», sage ich, und da ist Esther, die mich fragt: «Habt ihr darüber geredet?» Ich hatte den Kopf geschüttelt und auf den See hinausgesehen. «Da gibt es nichts zu reden.»

«Wirklich nicht?»

«Nein, wirklich nicht», sage ich, als ich neben dir im Auto sitze. Die Blätter der Bäume waren gelb geworden, kühl war es geworden, Nebel lag über den Wiesen. Feuchte Wiesen, dunkelgrüne Gummistiefel an unseren Füßen. So hätte es sein können, wäre ich bis zum Herbst geblieben. Jetzt bin ich hier, im Haus meiner Kindheit, erinnere mich, wie wir über den trockenen Feldweg holpern, Staub aufwirbeln. Über die Felder, an Höfen vorbei, ein bellender schwarzer Hund an einem langen Seil springt fast vors Auto. Die kleinen Hügel hinauf, dann gibst du Gas, wir fliegen, setzen schon wieder auf, du lachst. In den Wald hinein. «Schön, dass du heute mit mir kommst.»

Plötzlich steht mein Vater in der Küche, die Haare wirr, das Gesicht gerötet. Er hält sich an der Kante der dunkelblauen Arbeitsplatte fest, schon wieder glänzen seine Augen vor Rührung, er schwankt. Seine Fingerkuppen färben sich weiß, so fest hält er sich. In der Küche steht kein Stuhl, den ich ihm unterschieben könnte, also kippe ich das Fenster an, sorge für Frischluft. Mit der Teekanne gehe ich voran ins Wohnzimmer. Zwischen Sofa und Tischchen ist nicht viel Platz, man muss sich seitwärts drehen, will man sich aufs Sofa setzen. Da sitzen wir, trinken Tee in kleinen Schlucken, mein Vater ganz gegen seine Gewohnheit vorgebeugt. Wie ein Taucher scheint er aufgetaucht, an die Oberfläche zurückgetrieben, aus der tonlosen Tiefe in die blaue Nacht.

«Ich habe sie geliebt.» Papa kann nicht sehen, dass ich nicke, ich sitze direkt hinter ihm, nicht mal im Rückspiegel kann er mich sehen, weil ich mich hinter seinem Sitz verstecke, seine Jacke über mich gelegt habe. Mir ist kalt.

Papa hat das Schiebedach aufgekurbelt, wahrscheinlich glaubt er, dass ich schlafe. Es geht nur stockend voran, das ist mir egal, ich denke an Dr. Heller und frage mich, ob ich es hinbekommen hätte, dass er mich in seinem Zimmer küsst. Ich hätte es ganz ohne Worte, ohne Gesten schaffen wollen, einfach nur, weil ich gerade vor ihm stehe, weil ich nur ich bin, weil er etwas will, mich will, aber nicht ganz, nur für diesen Moment, wissen will, wie es ist. Auf jeden Fall ist es gut, dort im schattigen Zimmer mit angekipptem Fenster, weil die Stimmen der anderen, die im Garten auf Liegestühlen liegen, zu hören sind. Ich muss nichts tun, einfach nur stehen, und er kann nicht anders: Er küsst mich.

Der Kittel fliegt, als du mit einem Teller in der Hand den Speisesaal durchquerst. Deine Beine sind lang, der Boden weich. Du wählst einen Stuhl, sodass du mit dem Rücken zu mir sitzt. Sieh auf deinen Teller hinunter, dort liege ich, nackt, mit einem Salatblatt bedeckt. Messer und Gabel, jetzt zerteilst du mich, die Zinken in meiner Brust, halbiert geht es durch die Luft, weiter nach oben, in deinen Mund. Hier umarme ich deine Zunge, bevor du mich verschluckst.

«Ich gehe nach oben.» Mein Vater klopft mir aufs Knie, steht auf. Als er das Wohnzimmer verlassen hat, höre ich, wie er die Treppe hinaufgeht. Sieben Stufen, der Treppenabsatz, wieder sieben Stufen. Seine Schritte über mir, dann ist es still. Ich stelle mir vor, wie er sich vorgebeugt die Hose auszieht, Naht an Naht legt und sie ordentlich über die Stuhllehne im Schlafzimmer hängt. In Unterwäsche legt er sich auf seine Seite des Bettes.

Wie an einem Sonntagnachmittag, an dem die Luft warm, mit Apfelkuchenduft gefüttert ist, gibt es für mich nichts zu tun. Ein Strauß Strohblumen hängt im Durchgang zur Küche. Dort liegt der Kuchen zum Abkühlen auf einem Gitter. Mama, Papa und mein Bruder machen Mittagsschlaf, ich warte, bis sie nach zwei Stunden wieder herunterkommen und Mama in der Küche Sahne schlägt. Mit meinem Bruder decke ich den Tisch im Garten, und zuletzt setzt sich mein Vater mit gekämmten Haaren und seinem weißen Sonntagshemd zu mir auf die Bank.

Am Ende ist es nur noch mein Vater, der sich am Mittag ausruht, während ich im Zimmer meines Bruders mit angezogenen Knien auf der Fensterbank sitze und die Nachbarn durch die Zweige der Felsenbirne beobachte. Gemeinsam brechen sie zum sonntäglichen Spaziergang durch die Flussauen auf. Vater, Mutter und zwei Kinder.

Die Sonne stand über uns, flirrend

Sophie klopft von draußen an die Scheibe, zuerst erkenne ich sie gar nicht, weil sie ihre langen Haare plötzlich auf Kinnlänge gekürzt hat. Sie gibt mir ein Zeichen, dass ich ihr die Tür öffnen soll, und als sie mit ihrer neuen Frisur vor mir steht, fühle ich mich nachträglich ausgeschlossen, da sie diese Entscheidung ohne mich getroffen hat.

Keine Wolken.

«Sieht gut aus», sage ich, und Sophie geht an mir vorbei ins Zimmer. Sie hat jetzt einen Freund, der Posaune spielt. Mehr weiß ich nicht, Sophie erzählt nichts von ihm, ich nehme an, damit ich gar nicht erst eifersüchtig werde. Sie spielen zusammen im Schulorchester, aber da Sophie auf eine andere Schule geht, habe ich ihn noch nie gesehen. Mit ihm verbringt sie jetzt ihre Zeit und darum wundere ich mich, dass sie an diesem Sonntagnachmittag vor mir steht.

Einfach nur Himmel und sehr viel Raum.

Damals hatte mir Sophie eine Kassette mitgebracht. «Hier. Hab ich dir aufgenommen.» Ich könnte sie jetzt ganz leise hören, sodass ich Papa nicht störe. Irgendwo in dem Kassettenstapel im Regal müsste sie liegen. Ich beuge mich über die Sofalehne, strecke den Arm, komme nicht dran. Noch ein bisschen strecken, die Fingerspitzen berühren die Hüllen, die Lehne drückt in meinen Brustkorb, so fühlt es sich wohl an, wenn man kaum noch Luft bekommt. Noch ein bisschen, jetzt kippt der Stapel um.

Zwischen Mama und mir –

Sophie hatte die Kassette auf den Schreibtisch meines Bruders gelegt, wo immer noch die unbenutzten Bücher auf sein zweites Schuljahr warteten.

Zwischen mir und meiner Familie wurde der Abstand immer größer.

«Hast du Lust, mit rauszukommen?» Sophies Hände klemmen in den engen Jeanshosentaschen. Sie dreht sich in der Hüfte mal nach rechts, dann nach links. Die Haare fallen ihr vor das Gesicht, sie legt ihren Kopf in den Nacken und schüttelt ihn. Auf dem Schreibtisch meines Bruders suche ich nach einem Stift. Im Flur schreibe ich auf die Zeitung von gestern eine Nachricht für Papa, dass er weiß, was los ist, wenn er aufwacht. Den Stift lasse ich neben der Zeitung auf der Treppe liegen, als eine Art Hinweispfeil, nicht, dass er meine Nachricht übersieht und sich Sorgen macht. Oder einfach geht, ohne auf mich zu warten.

Seine atemlos hervorgestoßenen Worte.

Sophie steht schon in der offenen Haustür, als ich durch den Flur komme, mir meine Jacke vom Haken nehme. «Du brauchst keine», sagt sie. «Es ist doch warm draußen.»

Sie kommen nicht mehr wieder.

Nebeneinander waren wir den breiten Weg bis zur Straße hinuntergegangen. An diesem Tag war es sehr warm, ohne dass die Sonne zu sehen gewesen wäre. Dunstig und schwül war es. Sophie ging mit einem Fuß auf dem Gehweg, mit dem anderen im Rinnstein neben mir die Straße entlang. Immer wieder warf sie ihren Kopf in den Nacken, um die gekürzten Haare aus dem Gesicht zu bekommen. Am Spielplatz vorbei, in den Wald hinein.

«Wie war es im Krankenhaus?»
«Ich war nicht im Krankenhaus.»
«Meine Mutter sagt, du warst im Krankenhaus.»
«Ich war in einer Klinik.»
«Wie war es in der Klinik?»
«Ganz gut.»

Nachmittags rennen wir auf verwurzelten Trampelpfaden durch den Wald. Rauf und runter geht es, dieses hier ist die Todesbahn. Mit dem Fahrrad geht es besonders gut, runter und wieder rauf. Der Boden ist lehmig, fest, fast gebrannt, ausgetrocknete, graue Pfützenbetten rahmen den Weg wie aufgezogene Perlen. An manchen

Stellen reißt der Pfad auf, Wurzeln legen sich gewunden vor unsere Füße. Wir stolpern, schlagen hin, unsere Knie sind blutig aufgeschürft. Macht nichts, weiter, weiter. Später malt Mama gelbes Jod um unsere Wunden, schwarze Handballen. Über uns die rauschenden Blätterkronen, wie alt sind die Bäume? Sie sind sehr hoch! Wird uns jemand hören, wenn wir schreien, und was passiert, wenn uns niemand hört? Der Mund wird uns zugehalten, es gibt Geschichten, die wir uns erzählen, von Kindern in Holzkisten, weiter, weiter, Mama sagt: «So ein Quatsch! Hör nicht hin!» Es kribbelt auf der Haut, Steinchen zwischen Fußsohle und Sandale. «Warte, ich hab Steine im Schuh!» Hinter uns knackt es im Gebüsch, den Schuh in der Hand rennen wir weiter bis zum Fluss. «Meine Socken werden dreckig!» Da hocken wir uns an die Böschung, haben Äste in den Händen, stochern damit im weichen, schlammigen Ufer. Drüben, auf der anderen Seite, grasen die Kühe. Ich kann nicht schwimmen, Sophies Finger krallen sich in meinem Unterarm fest, unter unseren Füßen geht es steil bergab. «Stell dir vor, wir rutschen ins Wasser!» An dieser Stelle wirft sich die Flussoberfläche auf, geht in die Kurve, verliert sich in Strudeln. «Die ziehen dich nach unten, bis zum Grund!» Auf Sophies Nase glänzen feine Schweißperlen, fast wie ein zartes Spinnennetz, in dem sich der Tau gefangen hat, legt sich der feuchte Film über ihre karamellige Haut. «Wir müssen gehen! Gehen! Rennen! Lass uns rennen!»

«Geht es dir jetzt wieder besser?»
«Ich glaube schon.»

Kurz halten wir uns an den Händen, den Hügel hinauf, dann jede für sich. Sophie ist schneller, über die Wiese, feuchte, frische Maulwurfhügel, schlammige Füße, Richtung Weiher. Rundherum liegen gefällte Bäume neben duftenden Baumstümpfen. Unsere heiligen Stühle. «Auf den Weg stellen, ernst bis zur kleinen Brücke bleiben.» Wir verbeugen uns. «Keiner weiß, keiner weiß, was der Wald geheißt!» Sieh nur meine weißen Löcherstrümpfe! «Waldgeist, behüte und beschütze uns!» Die nackten Knie drücken sich gegen die raue Rinde des gefällten Baumes. Unsere Hände liegen auf den hellen Jahresringen, zwischen unseren Fingern ziehen sich schwarze Linien. Sophies Stimme bekommt einen tiefen Klang, sie senkt den Kopf. «Jetzt die Daumen in die Ohren! Wir müssen beichten!» Wir richten die Feuerstellen, opfern Brennnesseln, tanzen dreimal um die Feuerstellen. «Nach dem ersten Schneefall kleine Gaben zum Gabenstuhl bringen!» Hinter dem Kloster geht bereits rot die Sonne unter. «Bis zum Frühlingsanfang müssen wir fasten!»

«Du bist so dünn geworden.»
«Findest du?»
«Ja.»

Wir gingen hinunter zum Fluss. Zwischen Wald und

Flussufer schlängelt sich ein schmaler Trampelpfad. Wir mussten hintereinander gehen. Sophie hatte ihre Haare am Hinterkopf zusammengebunden. Ihr kurzer Zopf wippte auf und ab. Auf der anderen Seite vom Fluss grasten die Kühe und Sophie summte leise vor sich hin. Seit sie im Schulorchester spielte, summte sie ständig vor sich hin. Der Pfad wurde breiter, und wir gingen wieder nebeneinander. Die Blätter der Bäume rauschten über uns im Wind. Leichter Sommerwind.

Auf dem Rückweg durch den Wald war Sophie plötzlich stehen geblieben und kickte mit der Schuhspitze gegen ein leeres Schneckenhaus.

«Wusstest du von deiner Mutter und meinem Vater?»

Ich schüttelte den Kopf. Mir war kalt. Ich wollte nach Hause. Zu Papa.

«Wusstest du wirklich nichts?»

Einmal sehen wir unsere Mütter vor uns über die Wiesen in Richtung Kloster spazieren. Meine Mutter schiebt ihr Rad. Sophies Mutter geht neben ihr. Wir rufen nach ihnen, damit sie auf uns warten. Aber sie drehen sich nur kurz nach uns um und gehen weiter.

«Warum sagst du nichts?»

Am Waldrand warten sie auf uns. Ich klettere auf Mamas Gepäckträger und dann, ohne Verabschiedung, fahren wir den kleinen Hügel hinauf, am Kloster vorbei nach Hause.

Ich lasse die Kassetten sein. Ich habe keine Lust aufzustehen, um sie zurück ins Regal zu legen. Sollen sie doch auf dem Teppich liegen bleiben. Morgen, wenn Papa das Radio zum Frühstück andreht, wird er sie aufheben. Oder darauf treten. Bis dahin bleiben sie liegen.

In der Abenddämmerung begleitete mich Sophie noch bis vor die Haustür. Auf der untersten Stufe blieb sie stehen. Hinter ihr flimmerte die Laterne milchig, bevor sie ganz anging. Ich schloss die Tür auf, und als ich mich wieder umdrehte, hielt sich Sophie die Hand vor den Mund. Aus ihren Augen quollen Tränen.

«Er war auch mein Bruder.»

Sie war weggelaufen, hatte mich stehen lassen. Ich weiß nicht, wie lange ich noch dastand, weiß nicht, wo Sophie jetzt ist. Seit damals habe ich sie nicht wieder gesehen.

Langsam kommt sie den Gang entlanggefahren, aus dem Schatten des weit über die Mauer nach unten hängenden Goldregens, die gelben Blüten streifen fast ihren dunklen, glänzenden Scheitel, an beiden Seiten klemmen bunte Spangen. Unter den Blüten duckt sie sich, tritt in die Pedalen, die breiten Gummiräder rauschen über die feinen Steinchen auf dem Weg: «Goldregen ist giftig!» Sie hat ein großes, sehr hohes Dreirad, aus dem man später, wenn sie keine Stützräder mehr braucht, ein Zweirad machen kann. Jetzt taucht sie aus dem Schatten auf, hebt wieder ihren Kopf.

«Als Kleinkind hat sich Sophie einen Maikäfer in den Mund gesteckt.»

Die Geschichte erzählt ihre Mutter immer wieder, wenn sie im Garten auf ihrem Liegestuhl liegt, die dünnen Träger ihres türkisen Sommerkleides die runden Schultern heruntergerutscht sind. Sie ist sehr braun, auf der Brust hat sie Ausschlag, der hellrosa Punkte auf der Haut hinterlässt, wenn sie in Gedanken den Schorf wegkratzt. Aber sie ist nicht oft in Gedanken, meistens lacht sie, zieht Sophie auf ihren Schoß, drückt ihre Tochter an sich, streicht die glatten, glänzenden Haare noch glatter und: «Als ich ihr den Käfer aus dem Mund nehmen wollte, hat Sophie draufgebissen und ihn runtergeschluckt.» Sophie legt den Kopf auf den Bauch ihrer Mutter: «Das gurgelt!» Jetzt lachen beide.

Nachbars Katze schleicht um unsere nackten Beine, duckt sich, macht sich flach, verschwindet unter dem Liegestuhl, ihr Fell glänzt fettig. Im nächsten Moment schießt sie auf der anderen Seite hervor, springt, schraubt sich nach oben, steht in der Luft, in ihren Pfoten ein

Schmetterling. «Paulinchen!» Einmal reißt sie einer kleinen, vorbeihuschenden Eidechse den Schwanz ab. Das amputierte Tier flüchtet in den Schatten dichter grüner Blätter, der zuckende Schwanz windet sich über die roten Gehwegplatten.

Gemächlich rollt Sophie über den sonnigen Platz vor unserem Haus, die Sonne steht direkt über uns. Mit ihren großen, dunklen Augen sieht sie zu mir herüber, schwerfällig tritt sie in die Pedalen. Vorne am Lenker hängt ihr geflochtener Fahrradkorb, darin sitzt ihre mit rotem Filzstift bemalte Puppe. In der Mittagsstille durchbricht ein Düsenjäger über unseren Köpfen die Schallmauer.

Jetzt steigt Sophie ab, streicht ihr steifes Kleid glatt. «Komm, wir gucken in die Laterne!» Ihr Dreirad bleibt neben unserer Haustür stehen, ich springe die paar Stufen hinunter, folge ihr zur Laterne, die im gegenüberliegenden Vorgarten steht. Etwa siebzig Zentimeter über dem Boden ist ein kleines Loch im Laternenpfahl, in dieses Loch steckt man «einen Imbusschlüssel, um an die dahinterliegende Elektrik zu kommen, wenn was kaputt ist!», hat uns Papa erklärt. Wir beugen uns vor, drücken unsere Köpfe aneinander. Sophie muss warten, weil ich zuerst in die Laterne gucke. Ihre braunen Hände liegen auf ihren eingeknickten Knien, ich stütze mich am silbrig glitzernden Laternenpfahl ab. «Was siehst du?» Sophie wispert. «Ich kann nichts sehen!» Geheimnisvoll wispern ist in diesem Fall wichtig. «Lass mich mal!» Hinter uns hören wir Schritte, schnell richten wir uns auf, falten die klebrigen, staubigen Hände hinter dem Rücken. «Guten Tag!» Die dunkle Silhouette, mit grün-gelben Lichtreflexen durchbrochen, wischt an uns vorbei, das einzig Schwere an ihr sind die Schritte, und die Steinchen knirschen unter den glatten Sohlen. Dann ist nur noch die Sonne da, das Loch, unsere Hände, die sich um den Laternenpfahl legen, unsere Köpfe, unsere Augen, unser Atem, das Loch. «Die Hexe!» Sie wirbelt, kreist, kreischt sich durch das Innere der Laterne, rafft ihre Röcke, jagt den grünen Frosch, ihren Diener. Ist er ungehorsam, schlägt sie ihn mit dem Besen, bis er quakt. «Sie zieht an ihm, er wird immer länger!»

Im Haus war es dunkel und still. Die Zeitung mit dem Stift lag immer noch auf der Treppe. Leise rief ich nach Papa. Als keine Antwort kam, stieg ich die Treppe hinauf. Die Schlafzimmertür war angelehnt. Mit den Fingerspitzen drückte ich sie auf. Der Vorhang war zugezogen, von schräg hinter mir kam verwaschenes Licht durch die Oberlichter. Das Bett war leer.

Es ist Ende August. Vor ein paar Tagen hätte mein Bruder Geburtstag gehabt, und an seinem Geburtstag waren wir immer irgendwo am Meer. Dieses Jahr waren wir bei dir. Mein Vater wollte nicht ans Meer, ihn erinnert das zu sehr an meine Mutter und meinen Bruder, genau wie unser Haus. Denkst du gerade an mich? Soll ich dir vielleicht die Kassette schicken? Dann kannst du beim Anhören an mich denken. Damals habe ich sie sehr oft im Zimmer meines Bruders gehört. Nach der Schule, am Nachmittag. Auf der Fensterbank, mit angezogenen Knien, habe ich mich zu dir gewünscht. Ich wollte in deinen Armen liegen. So habe ich es mir gedacht. In deinen Armen, dass du mich halten kannst. In deinen Armen, habe ich gedacht, geflüstert. Immer wieder. Kannst du mich flüstern hören? Zu dir. In deine Arme.

«Ich wollte wiederkommen.»

Ein dumpfer Aufschlag über mir. Papa! Ich hieve mich aus dem Sofa. Da liegen die Kassetten. Kühle Luft im Flur. Papa! Sieben Stufen nach oben. Der Absatz. Wieder sieben Stufen. Auf der vierten Stufe bleibe ich stehen, suche Halt am Treppengeländer. Von hier aus ist es schwer, die Lage einzuschätzen.

Mein Vater saß im Nähzimmer, auf dem schmalen Bett meiner Mutter. Unter ihm warf der farbige Überwurf Falten. Er saß aufrecht, bewegte sich nicht. Ich blieb in der Tür stehen und sah aus dem Fenster, hinaus zur Akazie, die in unserem Garten steht. Meine Eltern hatten sie damals an einem heißen Sommertag an einem Bahndamm ausgegraben. In meiner Vorstellung knisterte das trockene Gras, staubte der sandige Boden unter ihren Füßen, als sie gemeinsam versuchten, das Bäumchen in eine Plastiktüte zu stecken.

Das ist lange her, wie lange genau weiß ich nicht, auf jeden Fall war ich noch nicht geboren, meine Mutter nicht einmal schwanger, wahrscheinlich waren sie noch Studenten, mein Vater im weißen Hemd und schwarzen Pullunder. Meine Mutter, gebräunt und sommersprossig. Sie hatte viele Sommersprossen, im Gesicht und auf den Armen.

Alexa Hennig von Lange
Ich habe einfach Glück

«Alexa Hennig von Lange – die Antwort der Literatur auf die Spice Girls.» Die Zeit

Arthur und Lelle sind auf der Suche nach Lelles Schwester Cotsch. Lelle ist fünfzehn, Cotsch siebzehn, und Lelles Vater hält Arthur für einen Stricher. Aber ihr Papa kennt sich mit den Menschen nicht besonders aus: mit Arthur nicht und schon gar nicht mit Cotsch. Ihren Brief, in dem sie ihm mal richtig die Meinung sagt, hat er ungeöffnet weggelegt. «Papa hat mein Leben zerstört», erklärt Cotsch. Und jetzt ist sie weg ...

Alexa Hennig von Langes dritter Roman ist eine abenteuerliche Geschichte über das Erwachsenwerden, traurig und fröhlich – und manchmal auch schockierend.

Bereits mit ihrem Debüt «Relax» (rororo 22494) sorgte die in Berlin lebende Autorin für Aufsehen – sowohl in der literarischen Szene als auch bei ihrem jugendlichen Publikum, die gleichermaßen von dem ungeschminkten Stil wie den zeitgemäßen Themen der 1973 geborenen Alexa Hennig von Lange begeistert waren.

«Ich habe einfach Glück» wurde mit dem Deutschen Jugendliteratur Preis 2002 ausgezeichnet.

3-499-21249-8

B56/1